セレイン・バルティモア
王国の第三王女。
ゲーム本編における
メインヒロインだったが
現時点では王立学院の新入生
強キャラ”
死亡フラグを
叩き折ることにした

「あた——じゃなかった、ボクも応援してるからさ」
「ジルならきっと、やれます！私はジルのことを信じてますから」

極光一閃（きょっこういっせん）！！

みなさんはこれから、
このクラスゼロに
所属していただきます
リスタ
王立学院の教員。
見た目は10歳ぐらいの
女の子だが、
強者の風格が漂う。
クラスゼロの担任

……クラス、ゼロ？
ルミエ・ウェザー
ジルと同じ
クラスゼロに所属する同級生。
何らかの事情で男装しているが
実は女の子

──奥義。
ジル・ハースト
主人公が転生した人物。
ゲーム「ヴァリアブレイド」
における最強の戦士で、
かつて王女セレインの護衛を
していたとされる

死亡退場するはずの“設定上最強キャラ”に転生した俺は、すべての死亡フラグを叩き折ることにした

としぞう

ファンタジア文庫

3298

口絵・本文イラスト　motto

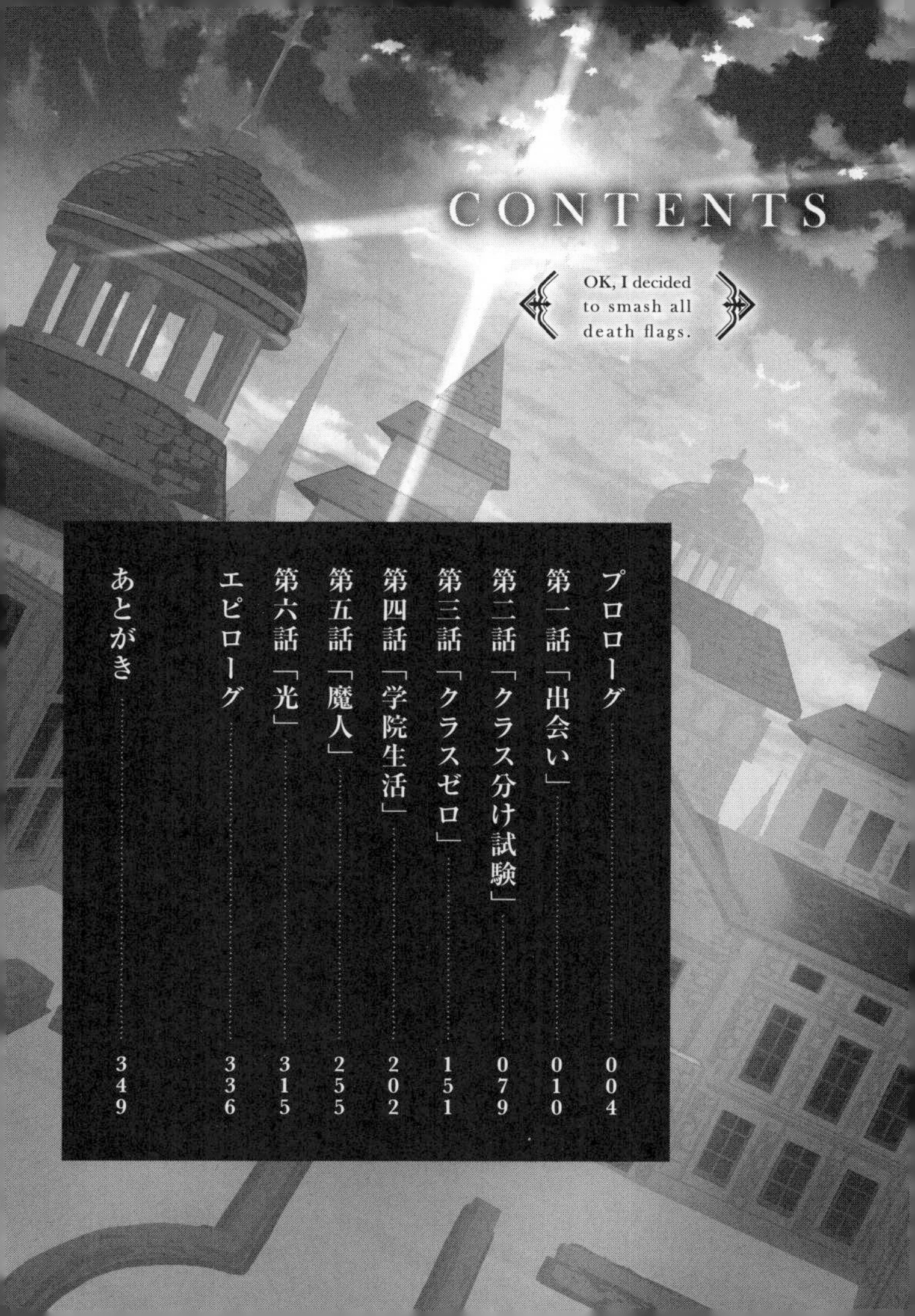

CONTENTS

OK, I decided to smash all death flags.

プロローグ

——もしもゲームの世界に行けたらどう生きるだろう。

昔からそんなことを考えるのが好きだった。

もちろん本気で行けるなんて思っていたわけじゃない。ちょっとした空想遊び。

ゲームのストーリーを追う中で、「もしも自分が主人公だったら、ここでなんて言うだろう」とか、「展開を知る俺がここにいれば、こんな悲劇的な結末なんて迎えさせないのに」とか……子どもっぽいって思われるかもしれないけれど、一々考えずにはいられなかった。

そんな俺が特にハマった……いや、もう人生で一番と言ってもいいくらいに大好きだったゲームが『ヴァリアブレイド』だった。

『ヴァリアブレイド』は俺が初めてプレイした〝アクションＲＰＧ〟だ。

広大なフィールドを無数のモンスターが闊歩し、出くわせば合図もなく、シームレスにバトルが始まる。

こちらが思考する猶予は一切与えてくれない。敵の攻撃を躱(かわ)すか防御するか……リアルタイムに判断し、僅かな隙を見つけて反撃する……息をつく暇もないノンストップバトルだ。

咄嗟(とっさ)の判断力を求められるリアルタイムな戦いは、まさに自分がゲームの中に入ったかのような没入感を味わわせてくれた。

本当にテレビ画面の向こうに『ヴァリアブレイド』の世界が広がっている——そんな感覚に、俺はすぐに夢中になった。

ストーリーの大筋はそれほど目新しいものではなかったと思う。

よくある剣と魔法が支配する異世界を舞台に、魔神という強大な存在を復活させ世界を支配しようとする悪(あ)しき企(たくら)みを阻止するという、ベタな王道ファンタジーだ。

けれど、ひと味違うのはこれがマルチエンディング制だということ。

冒険の中で取った行動、選択によって結末が大きく変わる。底抜けに明るいハッピーエンドもあれば、悲惨としか言いようがないバッドエンドもあった。

何度も何度も手探りで周回プレイするたびに、自身の選択によって展開が変わっていくのは、本当に世界そのものを動かしているかのような緊張感と、この世界に生きている実感を与えてくれた。

そうした体験を経て、見事『ヴァリアブレイド』沼に嵌まった俺は、外伝小説や設定資料集は逃さず発売日に手に入れ、有志による考察サイトや二次創作も読みふけるようになった。

主人公の『エイジ』、ヒロインである『セレイン・バルティモア』、魅力的な仲間達、敵キャラ、非パーティーメンバーながら濃い面々、さらにはちょろっとしか出てこないモブキャラに至るまで……『ヴァリアブレイド』の世界を俺は、ひたすら舐め尽くした。

中でも気になったのは、『ジル・ハースト』というキャラクターだ。

このジルという男は名付きのキャラにしたって特段情報が少ない。

というのも彼は、『ヴァリアブレイド』が始まった時点で既に故人なのだ。当然、直接物語に絡まなければ、サブイベントに出てくるわけでもない。会話の中で極偶に名前が出てくる程度だ。

それでも惹かれるのは、彼がそんな脇役でありながら、ゲーム本編に大きな影響を残しているからだ。

彼について、故人であるという以外に作中・公式で明言されたのはたった二つ。

『ジル・ハーストはバルティモア王国第三王女セレインのかつての護衛だった』、そして

『ジル・ハーストは歴代でも最強の戦士だった』というものだ。

前者はメインヒロインであるセレインとの強い関わりを示すもの。

後者については他に〝最強〟なんて呼ばれたキャラは存在しない……設定上最強という、男の子なら惹かれずにはいられないとんでも情報だ！

当然ファンの間では彼について様々な憶測が飛び交った。

どういう性格だったのか。容姿は。体格は。

得意とした武器、魔法は何か。

セレインとの関係は護衛というだけなのか。実は恋人同士だったのではないか。

そして――最強であるなら、彼はなぜ死んだのか。

どれもあくまで妄想で、しかし、答えがないからこそ、考えるのが面白かった。

ネットでも、「隠しダンジョンのボスである死霊騎士がジルなんじゃないか」とか、「実は生きていて、次回作では前日譚として彼の物語が描かれるんじゃないか」とか、様々な意見が飛び交っていたが、公式はだんまりを決め込んでいて、誰にも正解は分からない。

情報が少なすぎて、でも存在感は大きくて……プレイヤーごとに違う『ジル・ハースト像』があるのが、ある意味彼の一番の魅力だったのかもしれない。

けれど、そんな憶測ではなく、ストーリー開始時には死んでいる設定上の最強キャラ、ジル・ハーストの人生にもたった一つの〝真実〟があった筈だ。

彼はいかにして最強と呼ばれるに至ったのか、彼はどうして『ヴァリアブレイド』の世界から退場しなければならなかったのか……そして、一体どうすれば彼は退場せずに済んだのか。

〝今の俺〟は、その真実を知りたくて知りたくて仕方がない。

なぜなら俺は今、かつていた『ヴァリアブレイドが存在した世界』で死に、何の因果か本当に『ヴァリアブレイドの世界』に転生してしまったからだ。

それも、件の『ジル・ハースト』として。

もしもゲームの世界に入れたら。

もしも未来を知る俺が主人公達を導き、一緒に冒険できたら。

そんな『もしも』は妄想から現実に変わると同時に、死の運命という豪勢すぎるオマケを引き連れてきた。

この世界が本当にゲームに描かれたとおりの未来を歩むとしたら、俺はそう遠くない未来に死ぬこととなる。

けれど……だからって、黙って受け入れられるわけがない。

呼吸ができなくなって、苦しくてつらいのに叫び声も上げられなくて。

自分という存在が細切れになって消えていくような、あの死の感覚を思い出すと、恐怖に体が震えてしまう。

それにせっかくこの世界に転生したんだ。

子どもの頃、テレビの画面越しに憧れた夢の世界。

知りたいことも見たいものも数え切れないほどたくさんある。

だから俺は、全力で生きる。持てる知識と経験を全て使って。

第一話「出会い」

「はぁ……やっと着いた……」

約一ヶ月もの道のりを経て、俺は深い安堵の溜息を吐き出した。

目の前に広がる大きな町、その入口に立てられた『ストーリア』と書かれた看板。

ここに『ミザライア王立学院』がある。

俺はこれからこの学院に通うことになる……らしい。

らしい、と言ってしまえるのは、俺自身まだあまり実感が湧いていないからというのが大きい。

◇◇◇

「ジル。お前、ミザライアに行け」

約一ヶ月前、出発前日の夕方頃、親父はいつも通りのぶっきらぼうな口調でそう言った。

「ミザライア?」

「ミザライア王立学院だ。話はつけてある。そこで三年間、勉強してこい」

学院とまで聞けば確かに聞き覚えがあった。もちろん今世ではなく、前世でだ。

確か、ミザライア王立学院はこの世界で一番の名門校だった筈。ゲームにも出身者が何人か出てきていた。

確かパーティーメンバーの一人が出身者だった。いわゆる博士枠の……。

「おい、聞いてんのか」

「っと、ごめん。考え事してた」

親父の声に意識を目の前へと戻す。

しかし、学院に入学って……しかも三年間もとか……。

「仕事、どうすんだよ。最近はもう俺が殆どやってるのに」

「また俺がやりゃいいだけだ」

「その足じゃ無理だろ」

親父は足が悪い。

古傷の悪化と老いによって、ここ最近じゃただの歩行にも影響が出始めていた。

男手ひとつで不器用ながら俺を育て、鍛え上げてくれた親父に、俺ができることは限られている。

だから、ここ何年かは、俺が親父の代わりに働いてきた。

自分で言うのもアレだが、この仕事はめちゃくちゃハードだ。常に命懸け。命がいくつあっても足りやしない。

たった一個の命でなんとかなっているのは、間違いなく俺が一介の田舎者ではなく、『ジル・ハースト』だからだろう。

「ガキが親の心配なんかすんじゃねえ。お前は大人しく学院に行っときゃいいんだ」

「またガキ扱い……」

「十五は文句なくガキだろうが」

「そりゃあ……そうかもだけど」

これについては何も反論できず頷くしかない。

ジル・ハースト歴はこの間十五年目に突入したばかり。

十五年も続けていれば十分ベテランの域とも言えるが、当然世間一般には子どもの部類だ。

学院に通うというのも、前世の感覚的にはしっくりくる。

「にしても、三年かぁ……」

「ああ。それと、卒業しても帰ってこなくていいからな」

「……は？」

「ミザライアを出たら騎士になるなり、冒険者になるなり好きにしろ。お前は剣の腕だけは確かだ。食いっぱぐれることはねぇだろ」

帰ってこなくていい、なんて言ってるが、口調からはハッキリ「帰ってくるな」と伝わってくる。

「何言ってんだよ」

「そもそもお前はこんな田舎で収まる器じゃねぇんだ。もっと広い世界で、他人様（ひとさま）の役に立って生きろ」

「…………」

らしくない物言いに、閉口するしかない。

親父は本気だ。強い覚悟を持って、本気で俺を追い出そうとしている。

それこそ、今生（こんじょう）の別れになっても良いと。

冗談ではなく、本気で言っているのだと目を見れば分かる。

そして親父は、俺の腰に差した剣——いや、刀を指しつつ言った。

「ジル。餞別（せんべつ）だ。そいつも持ってけ」

「な……『アギト』を!?　これは元々親父のものだろ」

親父が若い頃、親父の師から譲り受けたという一刀、アギト。

今は仕事の関係上俺が借り受けているが、学院にまで持って行くとなれば話は全然違う。

「餞別って言っただろうが。それに武器は他にもあるし、なによりこの拳があるからよ」

グッと握り込まれた拳。腕も隆々として力強いが、どこか強がりにも感じてしまう。

代わりの剣はある。しかし、アギト以上のものなんて……。

「要らねえっつってんだろ。そいつはもうお前の手に馴染んでる。俺が振っても、昔みてえにはいかねぇからよ」

「それは……分かった。それじゃありがたく貰っていく」

もうこちらが折れるしかなかった。

親父は決して折れないだろう。頑固に服を着せたような人間だ。それこそ俺の物心がついたときから一緒に過ごしてきたんだ。

親父が決めてしまったなら、今更俺がどう言葉を尽くしても曲げられはしないだろう。

俺は改めて腰に差したアギトに触れ――これを餞別に受け取ったということは同時に、王立学院行きを承諾したことにもなると気が付いた。

「じゃあ、明日には出ろよ」

「明日⁉　急すぎるだろ⁉」

「遠いからなぁ」

勝手に決めたくせに、別れを惜しむ時間さえ与えてくれないらしい。

まさかわざとじゃないだろうな。いや、わざとか。どうせしんみりするのは性に合わないとか、そんな理由だろう。

「あー……くそっ！」

行き場のない苛立（いらだ）ちを吐き出しつつ、俺は勢いよく立ち上がる。

「おいおい、どうした」

「最後に一仕事してくる。あんたが一ヶ月はのんびりできるように」

「おぉ、そりゃあ助かるぜ」

「いいか、先に寝るんじゃねぇぞ⁉　今晩くらい晩酌に付き合ってやっから」

そう言い捨て、家を出る。

そして、眼前に広がる深く広大な樹海へと足を向けた。

誰が呼んだか定（さだ）かではないが、通称『深淵（しんえん）へ通じる樹海』。

この森の奥は深淵に繋（つな）がっているらしく、そしてその深淵からは一際（ひときわ）強力な魔物が湧き出てくる。

親父の、そして俺の仕事は、その魔物達がここから出て人里を襲わないように狩り殺すも隅。

というものだ。

いわば深淵の番人と言ったところか……なんてカッコつけたところで、ここは王国の隅

奇特な行商人以外立ち寄らないド田舎で見栄を張っても虚しいだけだけど。

「色々納得いかないけれど……最後くらい、思いっきり暴れさせてもらう」

樹海へと足を踏み入れると同時に、鞘からアギトを抜き放つ。

木々の合間から、俺を観察していた視線が僅かに引いていくのを感じる。

俺の吐き出す殺気を敏感に察したのだろう。

けれど……逃がさない。

感じ取れる限りの魔物は全て駆逐する。そして、新たに生まれる魔物達にも、外に出るのが恐ろしくなるくらいの恐怖を植え付けてやる。

そうすれば、親父の仕事だってずっと楽になるだろうからな。

一ヶ月とは言わず、三ヶ月は何もしなくて良いくらいに……それが俺からの餞別返しだ。

◇◇◇

「……っと、さすがに浸りすぎだな」

なんとか目的地に着けた感動からか、つい旅立ち直前の出来事を回想してしまった。まるで走馬灯(そうまとう)みたいだ。笑えないけど。

親父のことは気がかりだが、最後には納得して選んだ道だ。

後ろばかり振り返るのではなく、今は意識を前に戻そう。

眼前に広がる町は『ストーリア』。確か道中共にした行商人が言うには、ミザライア王立学院の生徒や、そこで働く人達の生活を支えるように栄えた町だとか。

いわゆる学園都市というやつだろうか。なんだか少し閑散として見えるけれど。

「王立学院には……ここを突っ切っていけばいいんだよな」

確認するように口に出すが、妙な緊張に喉が張りついた錯覚を覚えた。

正直、学院に通うというのは俺の置かれた立場を思えばかなりのチャレンジかもしれない。

けれど力は必要だ。

ここは剣と魔法のファンタジー世界。魔物という脅威も、時には同じ人間からの暴力も降りかかってくる危険性に満ちている。

そして『死の運命』がどんな姿をしているかは分からないが、最も単純な答えは、『ジル・ハースト』を超える『力』によるものだ。

もしもその時が来ても、抗う力を持たず棒立ちのまま死ぬ……そんな最悪の事態を避けるためには少しでも強くなりたい。

その結果、『最強』と呼ばれるようになったとしてもだ。

ゲームにて語られたジル・ハーストの情報は三つ。『最強』と『第三王女の護衛』、そして『遠からぬ死』だが、逆に言うとこれらを満たしていくことで、ゲーム通りの結末に近づくと考えられなくもない。

『遠からぬ死』は当然論外。

『最強』についてもあくまで他者からの心象によるものかもしれないし、前述の通り力をつけていくのであれば意図して避けるのは難しい。

そうなると、まず避けるべきフラグは『第三王女の護衛』だろう。

普通に考えれば、ただ町を歩いているだけで第三王女の護衛に抜擢されることは考えられない。知り合う機会もきっとない。

運命力だか、歴史の修正力だかが猛威を振るって、常識に反して彼女が空から落ちてくるなんて可能性もゼロじゃないけれど。

それこそ王女様との接点を極力持ちたくないなら、田舎に引きこもってる方がずっとマシだっただろう。

ただ、それこそ運命力以下略のせいで、田舎にいても白羽の矢が立つ可能性もゼロじゃない。

ひょんなきっかけで強引に都会に引っ張り出され、まるでオオカミに育てられた少年のように腫れ物扱いを受けるなんてなったら……最悪だ。田舎に残れば親父(おやじ)の意思も無視することになるし、最悪しかない。

逆にポジティブに考えてみれば、ゲームの歴史においてジルは後者だったかもしれないわけで。

であればこうして王立学院に来ている時点で、歴史は既に変わっているかもしれないじゃないか！

……ポジティブというか、都合良く考えすぎな感じもするが、まぁ良い。

ミザライア王立学院はゲームでは訪れない場所だが名前は出てくるし、準聖地巡礼と言えるワクワク感がある。

一ヶ月の旅の中では、それこそゲームに出てきた地名とかもあってめちゃくちゃ捗(はかど)ったし……殆(ほとん)ど休みらしい休みを取れず、夜も野宿続きで、正直かなり疲れたが、一応トータルプラスとしておこう。

「自分のことながら、なんとも言い訳がましいかもな……っと、あれが校門か？」

ストーリアの中に、荘厳(そうごん)な佇(たたず)まいの門がそびえ立っていた。

ていうか、さすが世界一の王立学院……！　校門から左右に広がる柵はここからじゃ果てが見えないほどで、隙間から見える中は、ドデカい城のような校舎以外にもいくつも建物がある。

正直かなり広い。そりゃあストーリアもここを囲むだけで大都市になるわけだ。

（そういえば入学に必要な書類とか親父から貰わなかったな）

あの親父のことだし、適当言ってたんじゃ……と一瞬疑いかけたが、校門のところに立ってた職員さんに聞くと、近くの建物に案内され、特に問題なく淡々と手続きが進んでいく。

（本当に試験も何も受けてないのに、入学することになってるのか……）

正直俺の入学が裏口なのか、それとも推薦、またはヘッドハンティングによる正規ルートなのかは不明だ。

でも、わざわざ「俺って裏口入学なんですか？」と聞くのは間抜けでしかない。

ただでさえ、何日も身を清めず、刀一本腰に差しただけの浮浪者スタイルのせいで、受付の人には顔をしかめられてしまったし、冗談じゃ済まないかもだ。

「では、手続きはこれで終了です。入学式は七日後です。お渡しした荷物に書類も同梱(どうこん)されていますので、目を通しておいてください」

両手で抱えるくらいの荷物を押し付けられて、説明が終わる。

気になることは色々あるけれど、今は長旅の疲れのおかげでとにかく眠い。

王立学院は全寮制で、もう入寮できるとのこと。

今日はさっさと寮に行って休むとしよう。ふかふかのベッドが俺を待っている‼

そう意気揚々と歩き出したが……。

「……で？　その寮はどこに……」

完全に迷ってしまった。ていうか広すぎるんだよ、この学院の敷地！

そして歩きながらも、やけに閑散としていることに気がついた。

そういえば職員さんが、「今は帰省シーズンで学生の多くが不在。教員も学会やらなんやらで殆ど残っていない」的なことを言ってたな。

その空白を利用し、新入生の入寮期間としているらしいが……おかげで誰かに寮の場所を聞くこともできない。

「うん、さっきの職員さんに聞きに戻ろう。最初からそうしてれば良かった――」

と、独りでぼやきつつ振り返り――思わず、息を止め固まってしまった。

なぜなら、振り返った先、沿道に設置された花壇の傍で、ひとりの少女がしゃがみ込んでいたからだ。

先ほど渡された荷物の中に入っていた制服と意匠の似通った服を着ているところから、おそらくは学生。

この学院の敷地内で、職員さん以外で初めて見た人間だけれど……そんな理由で驚き固まったわけではない。

彼女は今明後日の方を向いているが、それでも分かる。

背中を流れるサラサラとした金色の長髪、制服の上からも分かるメリハリのきいたスタイル……絶対に美人だと確信できる気品のようなオーラめいたものを感じさせる。

俺の中では既に、一目見た瞬間に、彼女が何者か答えは出ていた。

(いや、でも、どうしてここに。だって、彼女がこの学院の関係者だったなんて話、ゲームには……)

そんな思いから、それを認められない。けれど逃げ出そうにも、なぜか足は固まってしまっていて——。

「……？」

視線を感じたのか、彼女が振り返る……ああ、間違いない。

あの青空のような澄んだ瞳と、誰しもを魅了するであろう完璧に整った美貌——そんな

全てを持った、世界から愛されているかのような存在は、この世に一人しか存在しない。

「あの……？」

あまりに不躾（ぶしつけ）に見すぎたからだろうか。

彼女は俺を見つつ首を傾（かし）げ、そんな彼女に俺は何も言葉を返せなくて――。

「……!?」

突如、グラッと脳を揺らされる感覚に襲われる。

急激に湧き上がってきた眠気と共に、鼻につく妙に甘ったるい香りに気づく。

（しまった……！）

見れば周囲は煙に包まれ、目の前の彼女も俺と同様にふらついていて……俺達は共に、呆気（あっけ）なくその場に倒れてしまった。

◇◇◇

目を覚ますと、俺は真っ暗なやけに土臭い場所に閉じこめられていた。

どこかの洞穴に造られた部屋の中とかだろうか。当然あまり居心地はよくない。

どうやら誘拐でもされたらしい。雑な感じではあるが手を後ろの柱に縛られている。

もちろん目的は俺ではなく、あの少女の方だろう。

俺に攫われる価値がないというのもあるが、何より、彼女は特別なのだ。

「とりあえず状況を確認しなくちゃ。彼女がどうなったかも気になるけれど——」

「あの」

「うわっ⁉」

真後ろからの声に、つい叫んでしまった。

この声、聞き間違える筈もない。さっきの彼女のものだ！

「目を覚まされたんですね……！」

彼女は俺のリアクションを気にした様子もなく、ほっとしたように息を吐いた。

どうやら彼女の方が先に目を覚ましていたらしい。

いくら彼女と出会ってしまい動揺したとはいえ、まんまと誘拐に巻き込まれて、しかも彼女よりも深く眠りこけるなんて……。

いや、今ここで気落ちしていても仕方ない。

反省は後回しにして、今は目の前の問題を解決するのが先だ。

「……怪我は？」

「ええと、少し擦り傷とか……あっ、でも全然大丈夫ですっ！」

気遣うような、人懐っこさを感じさせる声に、俺はただただ違和感を覚えていた。

そうだ。気を取られたのにはこれもある。

彼女が俺の知るあの人物なら、こんな風に喋(しゃべ)ったりはしない。

「そうか……とにかくここから出よう」

気にはなるけれど、これも後回しだ。

「立てるか？」

「いえ、縛られてしまって……ないっ⁉」

彼女がびっくりした声を上げる。驚き驚かせなら一勝一敗だな。

彼女の手首を縛っていたロープは会話中に引き千切っておいた。

というか、自分のだけを引き千切ったつもりだったのだけど、彼女と俺は一本のロープで拘束されていたのだ。

ロープは簡単に千切れる程度にボロボロ、しかも二人で一本、手だけ縛って足はそのま ま……そもそも俺と彼女を同じ場所にぶち込んでおくとかも、とにかく色々杜撰(ずさん)すぎる。

（素人(しろうと)の犯行……？　にしても違和感が……）

「あの……どうかされましたか？」

「っ⁉」

少女が俺の顔を覗(のぞ)き込んでくる。距離が近い！　鼻と鼻が触れそうなくらいだ！

「あっ、すみません。暗いので見づらく……これでどうでしょう？」

そう言った直後、彼女の指先に光が灯り、空間が照らし出された。

光属性の魔法……効果としては周囲を照らすだけの些細なものだけれど、これも同じだ。

「なあ……名前は？」

改めて彼女の顔を正面からまともに見た俺は、思わずそう質問していた。

「え、あ……セレイン――ではなくっ、セラ、です……！」

虚を突かれ、しどろもどろに答えるセラ……いや、

（やっぱり、セレイン・バルティモア……！）

見た目の特徴も、声も、名前を誤魔化そうと言い直した愛称までも、すべてがすべて、彼女に一致する！

出会ってしまった。この世界が『ヴァリアブレイド』の世界だと知った時真っ先に頭に浮かんで、けれど最も会いたくなかった人物。

いつかとは覚悟していた。けれどまさか、こんなに早く、しかも一緒に攫われるなどという強烈な出会いをしてしまうなんて！

彼女は、セレイン・バルティモア。バルティモア王国の第三王女。

ゲーム『ヴァリアブレイド』のメインヒロイン。

そして、『ジル・ハースト』の最重要死亡フラグだ‼

◇◇◇

（落ち着け、落ち着け、落ち着け……）

何度も自分にそう言い聞かせ、なんとか跳ねる心臓を落ち着かせる。

まさか、田舎から出てこんなすぐに彼女と出くわすなんて警戒もしていなかった。

もしも王立学院で出会うにしたって、入学式とかで代表挨拶する王女殿下を一般新入生席から見上げるのがはじまり……みたいなさぁ！

学院に着いた初日に顔を合わせ、一緒に誘拐されるなんて、ハイスピードにも程がある‼

運命がこんなペースで襲ってくるなら、明日には最強の護衛になって、明後日には死んでるんじゃないか……全然笑えない。

「あの……」

「んっ、あ、はい？」

「えと、どうかされましたか……？」

何か怯（おび）えるような、いや、疑うような眼差（まなざ）しを向けてくるセレイン。

その仕草に違和感を覚えつつも、誤魔化すように首を横に振る。

「いいや、なんでもない」

王女相手だし敬語を使うべきかと思ったが、やめた。

彼女がセラと、愛称で名乗ったということは、自分が王女と知られたくないのだろう。

この状況で無駄に嫌われる行動を取る必要はない。俺のような一介の田舎者が王女のことを知っているのも変な話だし、遠慮が必要ないのは都合が良い。

「セラだな。俺はジル。状況的に、どうやら二人揃って誘拐でもされたらしいな」

「そう、ですね……」

セラは気まずげに、視線を逸らす。自分が原因で、俺をそれに巻き込んでしまったという自覚があると見た。

それは正しいんだが……しかし、やはり違和感がある。

というのも、最初すぐに確信が持てなかった理由でもあるが、目の前の彼女は、俺が『ヴァリアブレイド』で見た『セレイン・バルティモア』と決定的に違う点がある——性格だ。

ゲームで描かれた彼女はとてもクールな少女だった。

壁を作り、他人を拒絶し、我が道を行く孤高の天才。

意外と熱くなりやすかったり、可愛いものと甘いお菓子に目がない乙女らしさを持ちつつも、主人公達と打ち解けるまでは中々時間がかかっていた……まぁ、打ち解けた後のギャップは中々なんだけど。

けれど、目の前の彼女には冷たさとそれにともなう力強さはない。

むしろ、自信なさげで弱々しく見える。顔も声も、ゲームそのままなのに。

（いや……そもそもゲームそのものの中に入ったわけじゃないんだ。彼女が『ヴァリアブレイド』と異なってたって、変なわけじゃない……）

俺は自身を納得させるように、そんなことを考える。

ここは『ヴァリアブレイド』で描かれた世界だ。この世界で十五年生きてきて、それは今更疑いようもないと思う。

ただし、丸々ゲームの中に飛び込んだかといえば、そうじゃない。

腹は減るし、眠くもなる。当然、怪我をすれば血が出る。

レベルやパラメーターは数字として目には見えないし、HPなんてものもない。

ここはあくまで『ゲームで描かれた世界』なのだ。そして当然、ゲームでは全て描かれたわけじゃなく、今生きているのはゲームが始まる前の時間。

本編開始に至るまでに、これから彼女に何か変化が訪れるのかもしれない。

それこそ、心を氷の壁に閉ざすような何かが。

「ジル？」

「っ！」

「やっぱり、どうかされましたか？　黙って、何かを考え込まれているような……」

先ほど伝えた名前を早速呼びつつ、セラが顔を覗き込んでくる。

でも、「貴女のことを考えていたんですよ」などと言えるはずもなく、答えに窮したその刹那――ギイッとこの部屋の木戸が音を立てた。

「ったく、てぇき的な見張りだなんだって、親分も慎重すぎんだよなぁ……あぁん？」

入ってきたのは毛むくじゃらの図体の大きな男だった。

独り言でぶつぶつぼやきつつ、しかし俺達を見つけると目を丸くし……。

「て、てめぇら起き――グフゥッ⁉」

俺は反射的に、懐に飛び込み男の鳩尾を殴り抜いていた。

セラが「ひっ！」と驚いた声を上げる。そして男は、声を上げることなく気絶した。

（今この男、定期的な見張りとか言ってたな）

もしもすぐに戻ってこないとなれば、仲間が様子を見に来るだろう。こんなところでぼーっとしていたら、どんどん事態が悪くなっていくだろう。

ろくに状況も分かってないし、方針も決められていないけど、すぐに動くしかない。

「行くぞ、セラ！」

「ふぇっ⁉　行くって、どこに――」

「当然、逃げるんだよ！」

戸惑うセラの手を取り、部屋から飛び出す。

「なっ⁉」

「こいつらっ‼」

直後、仲間の声が途切れたことを訝しんだのだろう、見張りの仲間と思われる二人と出くわす。

それぞれ、手には棍棒と……俺の刀を持っていた！

鴨がネギ背負ってくるとはこのことだろうか。いや、盗賊の方は鴨でもなんでもないが、何にせよ、おかげで探す手間が省けた。

「大人しくしろっ！」

そう言って容赦なく棍棒を振り下ろしてくる男の手首を摑み、捻る。

そして、力の流れに従い、そのまま地面に叩きつけるよう投げてやった。

「ぐあっ⁉」

「この野郎！　ぶっ殺してやるっ！」

仲間を呼びに逃げられたら面倒ではあったが、もう一人の男は果敢にも俺から盗った刀を抜き放ち、振り上げてきた。

「きゃあっ⁉」

恐怖に怯えるセラを背中に庇いつつ、倒した男の持っていた棍棒を蹴り上げる。

それは男にとって予想外の動きだったらしく、棍棒は刀を振り上げてがら空きだった下半身――絶対に当たってはいけない場所にクリーンヒットした。

「ギョエッ⁉」

「う、うわぁ……」

白目を剥いて倒れる男に、思わず同情してしまう。やったのは俺だけど。

「じ、ジル……？」

「もう片付いた。怪我はないか？」

「は、はい！」

少し興奮した様子でコクコク頷くセラ。

この状況が怖くないのか、それとも恐怖が一周したのか、恐怖が一周したのか……多分後者だろう。

俺は男から刀(アギト)とその鞘(さや)を取り返しつつ、改めて辺りを見回す。

全体的に土臭くはあるが、床や壁は石材で舗装されている。

ただ、俺達がいたところも牢屋(ろうや)という感じではなく、出た先もただの通路という雰囲気だ。

見張りの男達が暇潰しでもしてたのだろう、酒瓶やグラス、カードのばら撒(ま)かれたテーブルが一つとイスが三脚置かれている。

「これまたベタな感じで……」

だらだらとした見回り、奪った武器を戦利品のように腰にぶら下げ、カード遊びに興じる——やる気のない見張りのお手本だな。

「あの、ジル」

「ん」

「ここ、どこかの古代遺跡だと思うんです」

セラが俺の服の裾を引っ張りつつ、そう主張してくる。

「この石造りの様式、現代のものじゃないですし、とても古いですし……それに、あまり使い込まれている風でもないですから」

「なるほど」

古代遺跡……確か『ヴァリアブレイド』にもダンジョンとして出てきたな。

学者でもなければ見向きもしない古代の遺物。中は魔物の巣窟になっていたり、それこそ盗賊達のアジトとして居抜きで使われていたり。

「古代遺跡の殆どは地下に建造されていたといいますから……」

「ここから出るには上を目指せばいいってことか」

なんとなく空気の濁りや圧迫感から、ここが地下だという予感はあったが、知識で補完してもらえればグッと確実性が増す。

ゲーム内では、古代遺跡ができた時代は地上に魔物が溢れ、地下に建設することでシェルターのような役割も果たしていたと語られていたっけ。

俺のは前世知識だからともかくとして、彼女がこの年で古代遺跡に関する知識を持っているのは、マニアックというか……珍しいことかもしれない。

「詳しいんだな。興味があるのか？」

「いえ……本で読んだだけです」

謙遜というより恥じるような態度を不思議に感じつつ、「踏み込んで欲しくない」と言外に主張する彼女を前に、俺は追及を止めた。

険悪になるのは避けたいが、必要以上に踏み込むのも、即ち死亡フラグ成立を助長することに繋がりかねない。

彼女を無事にここから逃がす。同時に適切な距離感を保つ。

面倒ではあるが、ちゃんとバランスを保つことが肝要だ。

「っと、お喋りしてたらまた連中のお仲間がやってくるかもしれない。さっさと出口目指して進もう」

「は、はい！　あっ、でも、この人達はこのままで大丈夫でしょうか？」

セラが目を向けるのは俺が倒した盗賊二人。いや、最初の一人も含まれているかもしれない。

「気絶はしてると思うけど……いや、でも起きて騒がれたら面倒だし、殺しといた方がいいってことか？」

「そこまで言ってないですよ!?　ただ、放って行くのもどうなんだろうって思っただけで……」

「あー……でも連れて行くわけにもいかないからな。気にしててもキリがない」

セラの心配が、縛るくらいしておいた方が良いという心配性からくるものなのか、それともほったらかしは可哀想だというお花畑のような慈悲の心からくるものなのか分からないけれど、どちらにせよ今は取り合う必要はないだろう。

仮に起き上がってもう一度襲ってきても、この程度なら障害にはなり得ない。

俺は軽く言い捨てつつ、セラの手を引いて歩き出す。この話題はこれで終わりと無理やり打ち切るように。

◇◇◇

セラを連れ、盗賊連中がアジトとしている古代遺跡を彷徨うこと数分。

奇跡的に他の盗賊に見つかることなく、なんとか進めていた。

これがゲームなら、とりあえずの経験値稼ぎのために見つけた雑魚は全員倒しておくのがセオリーになるんだろうけど、特に経験値やレベルの概念もなく、さらにお姫様を連れている現状においては無用な戦闘を避けられるのは幸運でしかない。

……まぁ、それができるのは、あまりにザル警備すぎるからなんだけど。

盗賊がいたとしても、どいつもこいつも欠伸混じりで注意力散漫。俺達が逃げ出していることも伝わっていないらしい。

「ふあぁ……だりぃ……」

ほら、今も。

息を殺し、壁際に身を潜めているだけで、簡単にやり過ごせた。

「こんなんでよく王立学院に侵入できたもんだ……」

貴族生徒も通う学院だ。期変わりの閑散としたタイミングとはいえ、こんな盗賊連中が侵入し、しかも王族を誘拐するなんて普通不可能……。

「むぅ！　むーっ‼」

「ああ、悪い」

身を隠すため、お姫様の口を咄嗟(とっさ)に手で塞いでいたんだった。

「ぷはぁっ！　もう、ジル！」

「いい加減慣れてくれ」

「慣れませんっ！」

状況が状況なので声を抑えてくれているが、セラははっきり抗議してくる。

確かに我ながらちょっと乱暴だったかもと思わなくもないが、うっかり物音でも立てて見つかるよりはマシだと思う。

「される方はビックリするんですから……！」

「ごめんごめん」

「私も恥ずかしいですし……だって、こんな、汗だってかいてて」

緊張感のない女の子らしい悩みに脱力しそうになる。

いや、まあ、本人にしたら無視できない悩みなんだろう。

正直に言えば俺だって、まったく何も気にしてないわけじゃ……。

「ん……？」

「あ……」

不意に風が頬を撫でた。

セラも反応しているし気のせいじゃないらしい。

地下に広がる遺跡の中で風を感じるということは、当然、風が吹き込んでくる出口が近いってことだ。

「ジル！」

「ああ、あとちょっとだな」

目を輝かせるセラに頷き返し、少し足を早めつつ進むと、広い空間に出た。

円形にくりぬかれた広間……特に何か置かれているわけでもなく、不自然にぽっかりと空いている。

（なんか、嫌な予感がするな）

これはジルとして生を享ける以前、前世で培われたメタ的な感覚だけれど、ダンジョンの中で突然開けた空間に出ると、何かイベントが始まるのがお約束なのだ。

とりあえず何かが待ちかまえている気配は感じないけれど……。

「ジル？」

つい緊張から、彼女の手を握る力が強くなってしまう。

当然セラも気づいてこちらを見てくるが、俺は返事もせずに、歩を進める。

大丈夫、ここはゲームの中ってわけじゃないんだ。

そんなご都合主義的に何かが待ちかまえているなんて決まりはない。

そう頭の中で自分に言い聞かせながら、それでも妙に緊張してしまう。

「あの、ジル」

「……ん」

「ここを抜けたら、もう多分出口ですよね」

「ああ、外からの風も強くなってきてるし」

肌感覚でも、出口が近いことは分かる。

もちろん出れば終わりってわけじゃないし、この遺跡が学院からどれくらい離れているか分からないけれど、でも外にさえ出てしまえばいくらでもやりようはある。

「それじゃあ、もうすぐこの時間も終わり、ですね」

なぜかセラの声は寂しげに、名残惜しむように聞こえた。

「お前、まさかあのまま捕まってたかったのか？」

「違いますっ！　ただ……なんだか、物語の中の冒険みたいで……」

さすがに楽しかったと言うのは不謹慎に思えたのか、途中で言葉を濁すセラ。

まあ、言わんとすることは分からなくもないが、今回のは緊張感的には随分と緩いだろう。

それに彼女の未来を思えば、いくらでも手に汗握るスリリングな冒険の日々が……。

「っ⁉」

思考に突然割り込んできた、ノイズのような違和感。

俺はそれの正体を知るより先に腰に差したアギトを抜き放った。

――ギィンッ‼

金属同士がぶつかり合った鈍い音が広間に響き渡る。

「きゃあっ⁉」

「セラ、俺から離れるな！」

弾き飛ばしたのは、ナイフだった。

なぜか放った奴の姿は今もなお見えない。

けれど、いる。

音も、匂いも、気配も感じさせないが、それでも確かに、俺達……いや、俺の命を取ろうとした奴がまだこの広間にいるのを感じる。

（落ち着け。今までの連中とは違うぞ）

ナイフの軌道は明らかに俺を狙ったもの。

気付かなければ死角からこめかみを貫かれていただろう。

向こうは殺る気満々だ。しかも手慣れている。焦りを見せれば付け込まれる。

冷静に……こんなこと、何でもないと思わせるんだ。

「……ッ！」

再び、空に向かってアギトを振るう。

キキンッと音が響き、二振りのナイフが地面に落ちた。

「へぇ？」

俺とセラ、どちらのものでもない声が聞こえた。

そして、現れる。まるで最初からそこにいたかのように、当たり前に、そいつは立っていた。

金色の髪と瞳。色白の肌。ムカつくくらいに顔立ちの整った、どこかのお坊ちゃんみたいな少年だ。

およそ同い年くらいに見えるが……放つ空気は異質だ。

人というより、魔物のそれに近いものを感じさせる。

「まさか見えていたわけじゃあないよね？　いったいどうやって僕の攻撃を防いだのか……ははっ、おかしなヤツもいたもんだ」

まるで舞台の上の役者のように、鼻につく喋り方をする。

なんであれ、隠れていられたのにわざわざ姿を見せたのだ。自信があるか、こちらを舐めているか、その両方か。

「セラ、知ってる顔か？」

一応聞いてみたが、セラはぶんぶん首を横に振って否定する。

どこか貴族っぽいスカした雰囲気だから、もしかしたらと思ったが、さすがにそう分かりやすくはないか。

「ははは、初対面さ。僕も実際にこの目で彼女を見るのは今が初めてでね。特徴を聞いていただけだったけれど……なるほど、確かに噂通り見目麗しいね」

「やっぱり狙いは彼女か」

「ああ、もちろん。というか、そもそも君は何だい？　発注したのはその子だけだったんだけど」

「じ、ジル……！」

ねとっとした視線を向けられ、セラが縋るように俺の腕を摑んでくる。

そしてそんな彼女の仕草を見て、やはり奴は愉快げに笑う。

「ジル。そうか、ジルっていうんだね。僕はサルヴァ。よろしく、ジル。それにセレインも」

「……随分あっさり名乗るんだな」

「まぁね。隠す意味もないし？　ほら、冥途の土産ってやつさ」

サルヴァはそう言い、どこからともなく取り出したナイフを二振り、両手に握る。

「だってさ、ジル。君がどういう経緯でここに居合わせたのかは知らないけど、不幸にもここで死んじゃうんだから」

ゾクッと、首筋に悪寒が走った。

瞬間、サルヴァの姿が消える——俺はすぐさま右にアギトを振り抜く。

「っと、危ない」

殆どワープしたとも思えるくらいの超スピードで接近してきていたサルヴァが飛び退く。

追撃は……セラを庇っている状況では難しいか。

「怖かったら目瞑ってろよ」

「わあ、カッコいい。まるでナイトだねぇ！」

再びサルヴァが迫ってくる。今度は正面から。

「ハハハハハ‼」

「っ……！」

速い。尋常じゃない速さだ。

激しく、一切の容赦なく襲いかかってくる斬撃の応酬を刀で防ぎながら、一瞬たりとも気を抜けない。

「なんだ？　なんだ⁉　凄い！　凄いぞジル！　君は本当に人間か⁉」

なぜか嬉しそうに叫ぶサルヴァ。攻撃の手を緩めるどころか激しさは増す一方だ。

けれど……正直、この状況で俺も、こいつと同じ感想を抱いていた。

このサルヴァという男は、間違いなく人間の枠の外にいる存在だ。

放つ気配の異質さもそうだし、この攻撃もそう。

一つ一つの動きに練達は感じられない。むしろ稚拙とも思える。まるで力任せに腕を振るう暴れん坊だ。

しかし、それでも成立しているのは、サルヴァの身体能力が言葉どおり常軌を逸しているからに他ならない。

――ガギギギギンッ‼

奴のナイフを俺の刀が弾く音が絶え間なく響く。

しかし、その軽快さとは裏腹に一撃一撃は軽くはない。むしろ渾身の一撃と称せるくらいの力が込められている。

激しく、重い。人の枠を超えた圧倒的な肉体的ポテンシャルがあって成立する凶悪すぎる攻撃を前に――

俺の体は、一切問題なくついていっていた。

視覚では追い切れない速さも、ほとんど直感で受けられている。正面からでなく、力を逃がすように受け流しながら。

「はあっ‼」

「ッ！」

目に見える隙なんかなかったが、それでも僅かな攻撃の合間に、無理やり蹴撃を捻じ込む。

サルヴァは虚を突かれたように目を見開き、しかしこれまた異常な身体操作で大きく後ろに跳んで躱した。

「ふはは！　面白い！　面白いぞ、ジル！　久々に僕も本気を出せそうだ！」

「まるで今までが本気じゃなかったみたいな言い方だな」

「まぁ、本気で殺そうとは思ってたさ。ただ、本気で戦うのとは違う。虫けらを踏み潰すのに、神経を張り巡らしたりはしないだろう？」

「人を虫けら扱いか……随分とお偉いご身分みたいだな」

「事実さ。けれど、君に関しては考えを改めさせてもらうよ、ジル。非礼を詫びよう」

どうやら本気で言っているらしい。こいつは〝人間〟を思い切り見下していて、わざわざ嘘を吐いて騙そうという気さえないようだ。

なんであれ気味が悪いことに変わりないが……当然、ハッタリでもないだろう。

「セラ、少し離れててくれ」

「ジル……」

「大丈夫さ。負けやしないし、お前も傷つけさせない」

サルヴァから視線を切らないまま、後ろ手で彼女に触れる。

（震えてる……）

触れた彼女の腕は、小刻みに震えていた。

当然だ。サルヴァから放たれる剥き出しの殺意。

あんなもの正面から当てられて平然としていられる筈がない。俺だってそうだ。

セラからしたら、俺の背中なんてちっぽけで、死の恐怖から身を隠すにはあまりに頼りないかもしれないけれど……。

「大丈夫だ」

「え……」

「俺が生きている限り、お前は絶対に死なないさ」

「っ……！」

「そう保証するよ」

「ほしょう……」

セラが目を見開く。

サルヴァから視線を切れない状況ではあるが、背中越しに彼女の震えが止まるのを感じた。

それどころか、彼女から強い視線を感じる。強く、それでいてどこか熱を感じさせる視線を。

「ああ、だから――」

「……分かりました。貴方を、信じます」

彼女は頷いて、希望を託すように一瞬俺の背へ触れた後、自分から後ろに下がってくれた。

でも良かった。「保証って何を根拠に？」なんて聞かれたら困るところだった。

とってつけた出任せではなく、説明するのは難しいが俺なりに根拠を以て発した言葉だったので、その分真剣さも伝わってくれた……ってことだろうか。

実際、彼女はこの世界を救うメインヒロインとして強大な運命によって守られている……はず。

俺が死ぬことを前提とした運命を根拠にするなんて、俺からすれば危険極まりないが、今この瞬間は彼女を守り抜いてくれると信じ、奴を倒すことだけに集中する……！

「話は終わったかい。ナイトくん」

「ああ、ご親切に待ってくれていたみたいで」

「ははっ、無粋なことは主義に反するんでね。なに、喜劇を見ている気分で良かったよ。……いや、この後の結末を思えば、悲劇かな？」

「一々口数の多い奴だな……」

アギトを握り直し、深く息を吐く。

どこまでも馬鹿にしたニヤケ面にはイライラするが、乱されるな。

「行くぞ……！」

散々一方的にやられたおかえしに、今度は俺の方から距離を詰める。

俺は対人戦の経験が浅い。剣を打ち合ったのはせいぜい親父相手くらいだし、それも命の奪い合いなんかじゃない。

けれど、魔物との戦いなら数え切れないほどやってきた。前世の、ろくに喧嘩もしたことなかった性根が、根っこから塗り替えられるくらいには。

そしてサルヴァと対峙した感覚は、魔物に対するそれと似ている気がする。

直線的で、短絡的。口振りからも格下ばかりとやり合ってきたのだろう……そこに細かい工夫、駆け引きなどは存在しない。

なら……！

「はあっ！」

大振りに刃を振り下ろす。

「甘いよっ！」

この斬撃はナイフを盾にして簡単に防がれてしまうが、一々落ち込んでいる余裕なんかない。

「はっ、たあっ！」

「ふ、ふはは！」

ギン、ギィンと金属をぶつけ合う音が広間に響く。

何度も、何度も……サルヴァの命を絶つ為に刃を振るうが、その全てに難なく応じられてしまう。

「さっきとはまるで逆だね」

「………………」

「思うに、ジル。僕と君はまるで互角みたいだ」

そう言いながら、この男に焦りはない。

何か別の手を隠し持っているような……いや、実際に持っているんだろう。

でも、今はまだそれを出していない。

なら……その余裕、後悔させてやる。

「っ！」

斬撃を防がれた、その反動に乗って半歩引く。

そして、今までよりもほんの僅か、大げさに剣を振るう溜めを作った。

「……！」

ほんの一瞬の予備動作の違い。

けれど、サルヴァは見逃さず、ぴくりと眉を揺らした。

（硬直状態を動かす、渾身の一撃）

俺が勝（まさ）ればサルヴァに一撃を加えられる。

サルヴァが勝れば、先ほどよりも大きくできるだろう隙に、反撃を入れられる危険がある。

「はああっ‼」

「ふっ、甘い——なっ⁉」

そう読んだだろうサルヴァは次の瞬間、驚きに目を見開いた。

なぜなら、本来手に伝わるはずの衝撃がなかったからだ——俺がぶつかる瞬間にアギトを手放したが故に。

（ここだっ！）

当然、真正面からぶつかりに来るだろうという思い込みをついた、ただの小細工。

けれどサルヴァの思考を一瞬奪うことができた。

そして、この一瞬が生死を分かつ。

「はあああっ‼」

俺はアギトを振るった勢いをそのままに、回し蹴りを放つ。

渾身に隠した本命。

俺の脚は阻まれることなく、容赦なくサルヴァの側頭部を蹴り抜いた。

「あがぁっ⁉」

サルヴァは吹っ飛び、地面に倒れて、気絶したように動かなくなった。

思い切り体重を乗せた頭蓋を砕く程の蹴りを叩き込んだんだ。

普通ならもう立ち上がれない筈だけれど……。

（……トドメを刺すべきか）

そう考え、僅かに手が震えた。

もしも相手が魔物なら、きっとこんな風に足踏みしたりはしなかっただろう。

確実に息の根を止めるまで油断してはならないと、体に染みついているからだ。

けれど、それは魔物相手だからだ。

俺は、前世はもちろん、今生でも人を殺めたことはない。どうしたって抵抗を感じてしまう。

（いや、迷うな。もしもこいつを生かしておけば、きっとまた彼女を狙う）

俺は自分にそう言い聞かせ、震える手をぐっと握る。

確実にサルヴァの首を断つと決め、先ほど手放したアギトを拾い――上げようとしたその瞬間。

俺の手を逃れるように、ふわりとアギトが浮かび上がった。

「……え？」

アギトは宙を漂い……突然ピタッと止まると、その刃を真っ直ぐ、俺の顔に突き付けてきた！

「っ⁉」

驚きの声を上げる間もなく、かろうじて首を反らし躱す。

僅かに頬を裂かれた感触――けれど、気にしている余裕はない。

――ヒュンッ！

「ぐ……⁉」

アギトはひとりでに浮いたまま、俺を切り裂こうと躍り出す。

まるで透明人間の仕業みたいだ。呼吸や気配の一切を感じないが。

「ジルっ！」

「心配ない！」

相手はアギト。これまで何度も死線を共にした愛刀であり、その切れ味はよく知っている。

けれど、幸いにもその太刀筋は素人もいいところだ。

何が起きているかは分からないが、動きは基本大振りで、雑。

それこそ、真剣白刃取りだってできそうなくらいだ。

「……っ！」

アギトが大げさに振り上げられた——その隙に、俺はその柄を摑む。

刃を取るのはどうにも危うい気がした。

そもそも、わざわざそんな挑戦をする必要なんかないんだ。

このまま難なく取り返して……。

「……え？」

アギトが、動かない。

まるで空中に固定されたみたいに、ぴくりとも……いや、それどころかもの凄い力で俺を押し潰そうとしてくる⁉

「な、なんだ……⁉」

動けない……！　地面にヒビが走るほどの凄まじい重圧に、膝を折られないよう抵抗するのがやっとだ。

「捕まえた、とでも思ったかい？」

してやったりと勝ち誇るような声。

「サルヴァ……！」

「やあジル。さっきは随分容赦なくやってくれたじゃないか」

立ち上がり、ゴキッと首を鳴らしつつ不敵に笑うサルヴァ。

余裕そうな態度だが、攻撃は確かに効いているのだろう、口元には血が滲み、足も僅かにふらついている。

そして、先ほどとの明らかな相違点——奴の右手の甲に何か、紋様が浮かんでいた。

「ああ、これかい？　いわば切り札ってやつさ」

ニタリと笑い、それを見せつけてくるサルヴァ。

紋様というより、紋章のような趣を感じる。

そして——それは俺の前世のゲーム知識の中に存在するものだった。

(もしかしてとは思っていたけれど……くそっ！　やっぱり、この男の正体は……！)

生身のぶつかり合いで互角だったのだ。

けれど、そこに新たな力が加われば、均衡は簡単に崩されてしまう。

「さて、一撃喰らわされた分やり返してやりたいが……また手痛い反撃を受けても面白くない。君と遊ぶのは後回しにして、先に役目を果たそうか」

「っ……！　セラ、逃げろッ‼」

「いいや、逃がさない」

サルヴァの左手の甲に、右手のものと同じ紋章が浮かぶ。

同時に、視界の端で落ちていたナイフが浮き上がり……セラの首筋にあてがわれた。

「うぁ……！」

「くそ……！　待ってろ、すぐに助ける！」

「ふふっ、どうやってだい？　君が変な行動を起こせば、僕は彼女を刺し殺すかもしれないのに」

「……お前は彼女を殺せない筈(はず)だ。殺せない理由がある」

「へえ？」

サルヴァの笑顔が崩れる。

そのリアクションは肯定しているのと同じだ。

「カマ掛けにしては大胆だけど、悪くない。ふぅむ……僕が彼女を攫(さら)いながらも殺していなかったことから、金目当ての人身売買が目的とでも踏んだかな。それとも——いいや、そんなことどうでもいいか」

　サルヴァは殆ど独り言くらいの声量で呟き、しかし途中で首を振り、疑念を飛ばす。

「じゃあ、ジル。僕が彼女を殺さないとして、君はどうするつもりだい？　僕はこのまま君を抑え、彼女を連れ去ろう。止めるなら今しかないよ」

　こいつ……！

　安い挑発を仕掛けてくるが、実際身動きを取れない状態では取れる手も僅かしかない。今も、一瞬でも力を抜けば、アギトに斬られてしまう……！

「けれど、君はどうにも忙しそうだ。もしも僕を止めようとしたって、腕の力を僅かでも緩めれば、真っ二つにされてしまうんじゃあないかい？」

「くっ！」

「ははは っ！　そう睨まないでほしいな。僕だって悪魔じゃあないからね。もしも君がこのまま、僕達を見送ってくれるのならば、君だけは解放してあげるよ。もちろん、その頃には僕達は君の手の届かない遥か彼方だけれどね」

「脅しのつもりか……！」

「なぁに、愛刀に断たれる覚悟があるなら話は別さ。でもさぁ、そんな命を懸けるほどの価値が、彼女にあるのかなぁ？　所詮は他人だろう？」

　サルヴァの言葉に、セラの顔が苦しげに歪む。

俺達の関係はあくまでたまたま同じ場所に居合わせただけ。しかも俺は巻き込まれた形になる。

この男がそのことに気が付いているかは分からないが……誰だって自分の命が一番大事だ。

だからこそそれをあえて口にし、俺を揺さぶり、さらにセラも追い込んだ。

嗜虐(しぎゃく)的な笑みがその証拠だ。

「さあ、おしゃべりは終わりだ。僕としては無理をしないことをお勧めするよ。君はこれからも楽しい遊び相手になってくれそうだからね」

サルヴァがセラに向かって歩き出す。

急げ。時間がない。決断しろ。

やるべきことは分かっている。なのに、足が、体が動かない。

頭に過(よぎ)る死が、俺を締めつける。

サルヴァの言っていることは嘘(うそ)じゃない。僅かでも力を緩めれば、アギトは瞬(また)く間(ま)に俺の体を断ち切るだろう。

俺はセレインとは違い、運命によって死を定められた存在だ。

運命に従えば、俺は遠くない未来に死ぬ……けれど、それがいつかなんてわからない。

もしかしたら今日かもしれない。

俺は所詮脇役だ。この世界は、運命は、俺を守ってなんかくれやしない。けれど……だからって、ただ黙って、受け入れられるものか！

（俺は生きる……！　ジル・ハーストとして、足掻くって決めたんだ！）

生きることだけが価値を持つんだ。

何があっても、俺は……！

「ジル」

「っ……!?」

「私は、大丈夫です。ありがとう……守ってくれて。すごく、嬉しかった」

それはとても穏やかな声だった。

これから散歩にでも行くみたいに何でもない、こっちが悩むのが馬鹿馬鹿しくなるみたいな……。

（……違う。違うだろ！）

彼女が何者か。どういうヒロインか。

その強さを、頑固さを、簡単に自分より他者を優先できてしまう危うさを、俺はずっと近くで見てきたんだ。

それに、俺はさっき、彼女に触れた。触れて、知ってしまった。

彼女は今、気丈に振る舞っている。体の震えを抑え込み、俺に迷惑を掛けまいと必死に取り繕っている。

未来を知らない彼女には、生の保証は見えていない。

泣き叫びたいほど怖いはずなのにそれでも、俺のために、必死に勇気を振り絞って――

「ぐ、うぅぁあああっ‼」

気が付けば、叫んでいた。

全身の力を振り絞って、それでもアギトは押し返せない。

「ジル、もういいんです！」

駄目だ。良いわけあるか！

彼女は運命に守られている……だからって、あんな顔をした少女を、黙って見送るなんて……！

「それじゃあ行こうか、お姫様」

「う……」

サルヴァの手が、セラの肩に触れる。

（動け、動け……動けッ‼）

彼女を守るんだ。そう約束したじゃないか！

だから——俺は‼

「ふはっ！」

サルヴァが振り返り、歓喜に目を輝かせる。

ああ、お前が望んだ展開だ。

アギトを押し返すのは不可能。なら、その刃が振り下ろされるより早く、軌道上から抜け出すしかない。

けれど、おそらく間に合わない。全速で体を滑らせて……運が良くても腕一本は持って行かれるだろう。

それでもセラは取り返す。後のことは、また後で考えればいい。

「ジル……‼」

「うおおおおおおっ‼」

覚悟を決め、俺はアギトを押さえる手から力を抜いて……。

——………。

そのとき。何か、頭の中に音が響いた。

(なんだ……?)

まるで水の中に沈んだみたいに、周囲の音が遠のいていく。

いや、音だけじゃない。

他の感覚も、意識までも擦れていくような……いったい何が……?

──ザンッ!

(……え?)

地面に何かが突き刺さる音が聞こえた。

(何か、じゃない。これは……!)

地面に突き刺さったのは、アギトだ。

けれど、俺の体にダメージはない。

(躱した……!? あの状況で……!?)

それがどれだけ有り得ないことか、自分でも分かる。

自身の力量は理解している。だからこそ、決死の覚悟を決めたというのに。

「へぇ……? まだ力を隠す余裕があったなんてね」

「ジル……!」

目論見が外れたからかサルヴァが不快そうに顔を歪め、対照的にセラがホッと安堵したような声を漏らす。

けれど、違う。これは……！

（これは、俺じゃない！）

俺の叫びは頭の中で虚しく木霊し、『俺の体』は無言のまま、地面を蹴る。

「なっ……⁉」

（速いっ！）

そのたった一蹴りで、離れていたサルヴァとの距離をゼロまで詰める。

――ゴッ！

そして容赦なく、ボディブローを叩き込んだ！

「うがぁっ⁉」

腹から空気を吐き出させられ、思わず呻くサルヴァ。

そして奴が怯んだ隙に、セラの肩を摑み押しのける。

「きゃっ⁉」

（おいっ！）

その乱暴な手つきにセラが悲鳴を上げ、俺も思わず叫ぼうとするが、やはり声は出せず、その間にも『俺』は既に次の行動へ移る。

――ドガァッ！

サルヴァが復帰する前に、追い打ちで回し蹴りを顔面に叩き込む。

動きは軽やかだが、一撃は重い。

さっきまで余裕こいていたサルヴァが、悲鳴を上げる隙さえ与えられずに吹っ飛ばされ、壁に激突して砂煙を巻き上げた。

「ジル……？」

（……！）

異変を察したのか、セラが僅かに怯えを滲ませながら俺の名を呼ぶ。

しかし、『俺』は応えず、ただじっとサルヴァの方を見つめていた。

「ぐ、うぅ……なんだ、動きが先ほどまでとはまるで違う……⁉」

のっそりと立ち上がるサルヴァは遠目にでも動揺がありありと見て取れた。

そんな彼に向かい、『俺』はゆっくりと歩き出す。

サルヴァは壁を背にしている。逃げるとしたら左右どちらか……そのどちらに逃げても仕留められるように、じわじわと追い詰めていってるんだ。

「ジル……‼」

奴もそれに気が付いている。

狩られる側に立たされプライドが傷ついたのか、憎々しげにこちらを睨み付けつつ、どこからかナイフを引き抜いた。

「調子に乗るな、人間風情が‼」

もはやふざけた気配は欠片もなく、サルヴァはナイフを投げ放つ。

それもただ投げたわけじゃない。おそらく奴の能力で制御しているんだろう。

まるで蜂のように、鋭く、不規則な軌道でこちらに襲いかかってくる。

「…………」

それを見て、『俺』は足を止める。

一瞬、動きの読めないナイフに身構えたのかと思ったが、そうじゃない。

『俺』はあくまで悠然と、なんでもないみたいに襲い来るナイフを眺めていた。

そして……。

――ヒュッ！

ナイフは、風を切り裂く音がハッキリ聞こえるほどのスレスレを通り過ぎていく。

いや、『俺』が躱したんだ。完全に動きを見切っている。

顔を、胸を、腕を、足を狙い、纏わり付いてくるナイフを、『俺』は最低限の動きで回避していた。

「ちぃっ！」

サルヴァが舌打ちをする。

確かにここまで見切られればイラつきもするだろうけれど……どこか不自然だ。

「……ふっ！」

（笑った⁉　まさか他に企みが――）

もしも俺が対峙していれば悪寒でも走ったのだろうか。

しかし『俺』は、奴が笑みを浮かべた瞬間、いやそれより先に既に動き出していた。

「…………」

ナイフの猛攻を躱しつつ、サルヴァを見据えたまま後方へと腕を伸ばす。

――キィイイン‼

「がっ⁉」

「う……！」

（これは⁉）

『俺』の手から、閃光が放たれた。

閃光は殺傷性のないただの目くらまし。

けれど完全に不意を打った行動に、サルヴァ、そしてセラまでも怯むような声を漏らす。

そして、ほんの一瞬操作が緩んだサルヴァのナイフを、

――ガギンッ！

いつの間にか手にしていたアギトで、地面へと叩き折った。

「は、弾いただと……僕の、ギフトを……⁉」

「…………」

「まさか、ジル……貴様ッ‼」

『俺』は何も答えない。

手にしたアギトを構え、先ほどと同じくたった一歩でサルヴァとの距離を詰め――

――ズバァアッ‼

一切の躊躇(ちゅうちょ)なく、サルヴァの右腕を切断した。

「うがあああああああああっ⁉」

悲鳴と血しぶきを上げるサルヴァ。

生々しい悲鳴に身が竦(すく)みそうになるが、それよりも……。

(今、こいつが咄嗟(とっさ)に避(よ)けなかったら、脳天から真っ二つにしていた……！)

この躊躇のなさ。まるで呼吸するかのように当然に、『俺』はこいつの命を刈り取ろう

としていた。

いや、していたじゃない。

「………」

『俺』は急所を外したことにも、サルヴァの叫びや出血にも気を取られず、既にアギトを引き、次撃に移っていた。

「この……！」

サルヴァも決死の反撃で、残った左手にナイフを持ち、突っ込んでくる——が、『俺』は至極冷静に一歩引き、ナイフを摑んだ腕ごと摑み上げる。

「ぐうぅ⁉」

そして、握力で以てナイフを手放させ、サルヴァを壁へと押しつける。

「がふっ！」

おそらく、怒りも、侮蔑もない。対峙する敵の目に浮かぶ怯えさえ見ちゃいない。

『俺』はまったく揺らぐことなく刃を構え、サルヴァの心臓めがけて突き立てた。

「………」

先ほどまでの淀みない動きが嘘だったみたいに、『俺』の動きがピタリと止まる。

アギトは壁に突き刺さり、しかしそこにサルヴァの姿はなかった。

刃が貫く直前、彼の姿は溶けるように消え――おそらく彼の能力によって逃げおおせたということだろう、けど……。

「――っ！　はぁっ、はぁっ！」

突然押し寄せてきた頭痛と息苦しさに、俺は思わず膝をついていた。

壁に刺さったアギトの柄を支えにしていなければ倒れてしまっていただろう。それだけの疲労、酸欠に全身を蝕まれて……気が付く。

（体が、戻っている）

いつの間にか、俺の体を奪っていた『俺』は消えていた。

余裕そうに見えて、体を相当酷使してくれていたらしい。暴れるだけ暴れて、そのツケをこちらに押しつけるのはどうかと文句も言いたくなるけれど……。

（でも、助けられたってことだよな。さっきのは、きっと――）

「ジルっ！」

「……ぁ」

セラの声に、垂れていた頭を起こす。

彼女は懸命に俺の名を呼びながら駆けてきて、硬い地面なのも気にせず膝をつくと、俺の顔を心配げに覗き込んできた。

「ジル……ああ、良かった。戻ってくれたんですね」

彼女は俺の目を見て、ほっと嬉しげに溜息を吐く。

「さっきまでのジル、なんだかこれまでと違った感じがして、少し怖くて……って、出会ったばかりなのに変ですよね」

「いや……ありがとう」

こんな状況だからだろうか、彼女が本気で心配してくれているのが伝わってくる。

「心配かけて悪かった」

「ぁ……」

セラが大きく目を見開く……と、そこで気が付いた。

俺は……なぜか彼女の頬に触れてしまっていた！

「っ‼　ご、ごめん！」

完全に無意識だった。

あまりに失礼で、不用意で……セラも困ったように俯いてしまった。

「あ、あの……いいですよ？」

「……え？」

「ジルが落ち着くなら、私は……」

セラはそう言って、俺の手を握る。

改めて触れて、思った。彼女は体温が高くて……どこか落ち着くんだ。

自身の体を奪われ、人肌恋しくなったとでもいうのだろうか。

……なんて、とても言い訳にはならないけれど。

「……ごめん」

俺は再度頭を下げ、軽く彼女の手を払う。

少し落ち込んだ表情を見せるセラから目を逸らしつつ、俺は立ち上がり、アギトを壁から引き抜いて鞘に収めた。

「行こう。追っ手が来るかもしれないし」

「は、はい」

今も座り込むセラに手を差し出すべきかどうか迷いつつ、声を掛けた……その時、

「王女殿下っ‼」

「っ！」

洞窟の中に響いた新たな声に、セラがびくっと肩を震わせ、俺の服の裾を掴む。

追っ手が来た、と一瞬警戒したが……違う。

複数の足音と共に現れたのは……。

「殿下！　ご無事ですか⁉」

学院の徽章が縫われたローブを羽織った大人達。おそらく学院の関係者だろう。

（たぶん、味方……だよな。良かっ——）

「【拘束せよ】」

「うぐっ⁉」

嵐が去ったと気を抜いた瞬間、若い女性の声と共に、俺の体に何かが巻きつき、無理やり地面に伏せさせられた。

これは拘束魔法⁉

「ジル⁉」

「王女殿下、ご無事で何よりです。まさか学院の中で誘拐が起きるなど……申し訳ありません」

倒されて見えないが、先ほどの魔法が放たれた時に聞こえたのと同じ女性の声が、淡々とセラに話しかける。

「みなさんは周囲の警戒を。王女殿下、もう大丈夫です。すぐにここを出ましょう」

「あ、あの！　ジルを……どうして彼を拘束したのですか⁉」

「彼は殿下誘拐の重要参考人ですから」

うこと。

「じゅうよう……？」

セラはわかっていないみたいだが、重要参考人っていうのは言ってしまえば容疑者とい
つまり、俺がセラを攫ったと思われているらしい。

（文句を言いたいけれど、全然動けないし、口も開けない……）

拘束魔法なんて掛けられるのは初めてだが、それにしたってここまで動きを制限される
なんて。

サルヴァとの戦いで消耗してたのもあるかもしれないけれど……そもそも拘束魔法が強
力なのか、この女性が魔法使いとして優秀なのか。

「と、とにかく、彼を解放してください！」

「できません。どなたか、殿下をお連れしてください」

「貴女が解放しないなら、私が……！」

「確かに貴女なら可能でしょう。ただ……」

倒れた俺には見えないが、なにか変なやりとりが続く。

「あ、たいへん。でんかがたおれてしまいましたぁー」

はぁ⁉

「り、リスタ教官。いったい何が⁉」

「もう数時間も囚われの身だったのです。おそらく疲弊していたのでしょう。この男も、キツく取り調べる必要がありそうですね」

いや、あからさまな棒読み、セラが突然静かになったこと……明らかにこいつが何かしただろ⁉

しれっと俺の罪――じゃなくて、容疑に追加しようとしているし……！

「さて……一応貴方にも眠ってもらいましょうか。このまま拘束しておくのも大変ですからね」

まずい。こんな状況で眠るわけには……！

「大丈夫ですよ」

ぼそっと、耳元で女が囁く。

「今は身を委ねてください。悪いようにはしませんから……ジル・ハーストさん」

「っ……！」

また何かされたのか、体から力が抜けていく。

「おやすみなさい。暫し、良い夢を」

そんな彼女の声を聞きつつ、意識を徐々に手放していく中で、最後に考えていたのは、目の前のこの女のことでも、セラのことでもなく……先ほど自分に起きた、あの体を奪われたような感覚についてだ。

あれは眠りに落ち、夢を見ているような感覚に似ていた。

俺の意識を隅に追いやり、体を奪った何者か……その正体が俺には分かる。

サルヴァの動きを完全に読み切り……いや、読むなんてレベルじゃない。

まるで未来が見えているかのように、台本をなぞるみたいに、淡々と事を成していく。

そして、同格以上の相手だったサルヴァの目論見を完膚なきまでに叩き潰し、完封する技量。

——最強。

その二文字が頭に過る。

なんの裏付けも、証拠もあるわけじゃない。

けれど、分かる。

俺の体を奪い、サルヴァを粛々と葬ろうとしたアレの正体は……。

(『ジル・ハースト』……)

謎に包まれた、設定上最強の男。

前世で俺が知っていた『ジル・ハースト』という運命、そのものなのだと。

第二話「クラス分け試験」

ミザライア王立学院。

設定程度でしか知らなかったが、この学院はファンタジー世界らしく、対魔物、対悪党を想定した実技、戦闘訓練なども行われているという。

その影響か、虜囚を置くための地下牢も完備されている。

らしい、ではないのは、今まさに、俺がその虜囚として地下牢に入れられているからだ。

「これも経験かな……」

なんてぼやいてみるが、その実あまり絶望感はない。

こういう地下牢はじめじめしている印象があったが全然そんなことないし、ベッドには分厚いマットレスが敷いてある。

トイレは言えば連れて行ってくれるし、風呂には入れないが一日一回魔法で清めてくれる。

そして一日三食、飯が出る。おそらく学食で出るのと同じ、ちゃんとした美味しいやつだ。

正直元々いた田舎よりも快適で……全然悪い気がしない。

もちろん、こんなところに入れられている理由とか、アギトも取り上げられている現状を考えれば、決して楽観できるわけでもないんだけど、焦って状況が好転するわけでもないしな。

「こんにちは、ジルさん」

「っと……リスタ先生」

今日も今日とて、だらだらベッドに寝そべっていると、急に名前を呼ばれる。

一切の気配なく、牢屋の前に現れたのはリスタという女性——俺を捕らえた、この王立学院の教官だ。

けれど、教官なんて本当か？　と、疑う気持ちもある。

彼女はなんというか……幼い見た目をしている。

十歳かそこらといった感じ。将来、文句なしの美人に成長するんだろうなぁと思える整った顔立ちだ。

けれど、中身も見た目通りかと言えば、違う。その底は全く見えてこない。

どこか強者の風格みたいなものを感じさせる。なぜかいつも宙に浮いているし。

「お加減はいかがですか」

「良い感じです。ずっとここにいてもいいくらいですよ」

「それは困りますね。私が今やっていることが無駄になってしまう」

リスタ先生はそう言って肩を竦めるが、その顔は口と瞬き以外、一切動いていない。

「そちらこそ、お加減はどうですか」

「やはり貴方を主犯としたい方々が多く、後数日は掛かるでしょう」

現在、リスタ先生は俺の『セレイン王女殿下誘拐事件』に関する嫌疑を晴らすため、弁護士のように立ち回ってくれているらしい。

俺を犯人としたい……原告側というのだろうか、そいつらは王立学院に賊が入り込み王女殿下を攫ったという失態を大事にしないため、早急に犯人を仕立て上げ無理やり解決へと落とし込みたいらしい。

そして、それに反論してくれてるのがこのリスタ先生と……被害者であるセラとのこと。

「ご安心を。セレイン王女殿下の御助力もあり、こちら側が優勢……というより、向こうは折れざるを得ませんから」

「はあ」

けれど、王族の発言があってなお、すぐに折れないというのは……なんとなく現状のセラの立ち位置が推測できる。

「愛されていますね」

「ぶっ⁉」

「私もセレイン王女殿下のことは深く知りませんが、あれほど力強く主張される方とは思ってもいませんでした。もしや、古くからの知り合いとか？」

「まさか！　お話ししたとおり俺はセラ——彼女とは、あの場で初めて会って……王女だってことも知らなかったんですから」

もちろん前世の記憶を抜きにして、だけれど。

「間違ったって、俺のような田舎者と接点があっていい人じゃないんでしょう、王女様って」

あの時セラを守ろうとした気持ちは本当だが、これ以上関わらずに済むのならそれに越したことはない。

きっちり線引きはしておかないと……この人がそれを受け入れてくれるかは分からないが。

「そういえば、ジルさん」

「はい？」

「貴方と王女殿下が誘拐の首謀者と言った、サルヴァという少年についてですが……彼について詳しく聞かせていただけますか」

「え？」

「どのようなやりとりをし、どのように戦い、退けたのか、です」

どうやらリスタ先生の本題はこちらだったらしい。

まぁ、リスタ先生にはここから出してもらうために動いてもらっている。

お返しに、俺も求められることがあれば応えるべきと思うけれど……。

「ええと、まず最初は――」

俺は、あの洞窟での出来事を順を追って話し始める。

ただ、あの時俺に起きた現象……俺ではない『ジル・ハースト』に体を奪われた感覚については伏せつつ。

リスタ先生は相変わらずの無表情顔をこくこく頷かせながら、黙って聞いていた。

「……と、こんなところですかね」

「ふむ……」

サルヴァの登場から撤退まで話し終えると、先生は顎に手を当て、何か思案するような声を漏らした。

「知り合いか何かですか」

「いいえ、残念ながら。それに現状、素性についても明らかにはなっていません。大っぴらに調べるわけにもいきませんしね」

まあそうだろう。サルヴァについて表に出れば、王女誘拐についてもついて回るだろうしな。

「貴方は彼について、何か気付いたことはありますか」

「気付いたこと？」

「なんでも構いません。まだ話していないことがあれば」

なんでも……か。

わざわざそう改まるのだから、何か理由があるんだろう。

根拠のない妄想だとしても、何か聞き出したいことがあると。

俺は先生の顔を注意深く見つめながら、その妄想を口にした。

「彼は魔人かもしれません」

「……！」

ずっと無表情だった先生の顔が、ピクッと一瞬強ばった。

おそらく先生が思い描いていた答えは、「彼は普通の人間とは違う」とか、そういう漠然としたものだったんだろう。

けれどあえて一歩深く踏み込んだのは、先生が何者か——俺の味方か敵か、見極めたかったからだ。

「先生はご存じですか。魔人——人と同じ姿形をしながらも、その本質はまったく異なる、魔神の力を継いだ化け物の噂(うわさ)」

「……ええ。むしろ、貴方の方こそご存じだったのですね」

「うちの田舎にはよく行商人が来ていましたからね。土産とばかりに真偽の分からない噂話(うわさばなし)を置いていくんですよ」

これは半分本当。

樹海で倒した魔物の素材を買いに来て、代わりに食料や日用品を置いていく行商人達は、俺のような無知な田舎者をいじるのが楽しいのか、あることないことを好き勝手吹き込んできた。

その中に、魔人という、前世でいうところの吸血鬼とか地底人とかに近い立ち位置の存在についての噂話があった。

「魔人は人ならざる力を行使するといいます。サルヴァは『ギフト』という妙な技を操っていました」

魔人は個体ごとに異なるユニークスキルを持つ。

俺のアギトやナイフを操っていたのが、サルヴァのギフトだとすれば、正体はサイコキネシスみたいに離れた物体を操る能力だろうか。

……いや、姿を見せる前のナイフ投擲や、最後に消えたのもギフトの一部なら、そこに留まらないかもしれない。

「ジルさん。貴方が噂話と言ったとおり、魔人とはあくまで伝説上の存在でしょう。ですが、その割に貴方は随分と確信を持っているように感じられますが」

「そうですか？」

「何か確信に足るものを見た……とか」

「まぁ、ヤツが魔人と名乗ったわけじゃないですからね……ただ俺は見たものから、そうじゃないかと思っただけです。もちろん、信じがたい話ですが」

もちろん確信はある。

サルヴァが口にしたギフトという言葉。そしてそのギフトを使った際に手の甲に現れた紋章。

それらは『ヴァリアブレイド』の中に出てきた、『魔人』の特徴とまったく同じだ。

彼らは伝説上の存在などでは決してなく、ストーリー上主人公達と何度もぶつかり合う敵だ。

そして彼らの狙いは――他ならぬ、セレイン・バルティモア。

彼女の継ぐ特別な血を使い、彼らが崇め奉る『魔神』を復活させるのが目的だ。

まさか、ストーリーが始まる前の現在から動いていたというのは驚きだが。

「そうですか……」

「疑わないんですか、俺の言ってること。普通魔人なんて信じませんよ」

無意識に、言葉に圧が籠もる。

俺は『ヴァリアブレイド』で魔人について知っていた。それが伝説ではなく、実在するものであると。

けれど、この世界の一般常識においては、先述の通り、やはり伝説上の存在でしかないのだ。

「どうして、『そうですか』なんて納得できるんです」

そもそも先生はなぜ、わざわざサルヴァのことを聞いてきたのか……それは既に彼が魔人なのではないかと気が付いていたからじゃないか？

サルヴァについて詳細を求めたのは、彼女にとってまだ疑いであり、確信には届いていなかったからか。

それとも……全て知った上で、俺がどこまで把握しているかを探るためか。

後者であれば彼女が敵である危険性は高まる。

彼女が魔人と内通していれば、何らかの形で俺の口を封じようとするかもしれない。

(でも、今すぐには手を出せないはずだ)

俺は今、容疑者として学院に囚われている身。そんな俺を始末しようものなら、学院から余計な嫌疑を掛けられることとなる。

しかも、俺の身はセレイン・バルティモアが擁護しているんだ。下手を打って、彼女の警戒を強めることは避けたいはず。

「…………」

先生は答えない。じっと俺を見つめたまま黙っている。

「……魔人は空想の生き物だ。俺の言ってることを本気で受け取る方がどうかしてる。妄言だって一蹴するんじゃないですか、普通」

先生のほんの僅かな変化さえも見逃すまいと注視しつつ、言葉を重ねる。

けれど、先生は眉ひとつ動かさない。

「ふむ、案外こういうところは子どもですね」

そして無表情のまま、評を下した。

「っ……」

「私を試そうとしたのでしょうが、その意図が目に出てしまっていましたよ。それに緊張からでしょうが、強気に攻めようと不必要に挑発するのも、相手からすれば面白くないでしょう。それでは余計な敵を増やすことになりかねません」

その点は教育の必要がありそうですね、とリスタ先生は溜息を吐いた。

そんな呆れた反応に、俺は頭から冷や水を浴びせられたような感覚を覚えた。

考えてみれば、ここで彼女の白黒をはっきりさせる必要なんかなかったんじゃないか。

今最も優先すべきは、ここから出ることだ。

変に先生と事を荒立てる必要なんて全くない。どうしたってマイナスだ。

(予想外にセレインとの接触が早かったから焦ってたってことか……？　くそ、なにやってんだ、俺……！)

自分の馬鹿さ加減に目眩がする。

腹の探り合いは鉄格子を挟まなくてもできるわけで……。

「私がサルヴァ――貴方が相対した魔人について尋ねたのは、私にとって魔人は敵と同意だからです」

「え……!?」

自己嫌悪（じこけんお）に陥る俺の思考を遮るように、先生は言った。

「魔人は確かに存在し、私は個人的な事情で彼らを追っています。もしも貴方が彼らと敵対するのであれば、私は貴方にとって味方ということになるでしょう」

「それは……」

まさに俺が望んでいた答え。白であるという自供。

「所詮口先だけのやりとりだと、疑っても構いませんが」

「……いえ、信じます」

腹の底も、浅ましさも、全て見抜かれている気がした。

先生の言う通り、口先だけのやりとりだが、最初からここではそれ以上のものなんか得られなかったんだ。

結果的に話は前に進んだ……はっきり失敗の苦みを感じさせつつ。

「さぁ、お話はこれくらいにしましょうか。それではジルさん、また来ますね。今はゆっくりおやすみください」

「……はい。これ以上寝ていると体が鈍（なま）ってしまいそうですが」

なんて言いつつ、今ばっかりは寝て忘れたい気分だった。

本当なら今頃、学生寮のふかふかベッドで心地のよい夜を過ごしていたんだろうか。

ここのベッドも、田舎に比べればマシだから全然寝られるけれど。

「いや、ちょっとくらい体を動かした方が気も紛れるか……」

今寝ようとしても頭ばかり冴えて、無駄に考え込んでしまいそうな気がする。

とりあえずこの檻の中でもできる、腕立て伏せとスクワット、腹筋と背筋くらいしておこう。

もしも監視されていれば、ちょっと間抜けに見えるかもしれないし……ってのはさすがに偏見かな。

◇◇◇

それから、特に何もないままた数日が経過し、投獄から一週間が経っていた。

本来であれば俺はミザライア王立学院の入学式に参加していたはず……まさかこのまま入学取り消しになったりするのだろうか。

あれからリスタ先生は変わらず、毎日この牢屋を訪れ、雑談に付き合ってくれている。

誘拐事件に関する進捗については相変わらずで、サルヴァ――魔人についてはあれ以降触れてこない。

定番の話題は天気の話だ。「今日は気持ちの良い快晴ですよ」とか、「今日は朝から雨が降っていて。ただ、昼には晴れて虹が架かっていました」とか、ずっと窓もない室内にいる俺からしたらちょっと共感しづらいネタだ。

でも、そんな会話でも、見た目が幼女チックなので妙に微笑ましく感じてしまう。

「こんにちは、ジルさん」

「こんにちは、リスタ先生。今日は少し早いですね」

時間感覚は看守のおじさんが食事を持ってくるタイミングでなんとなく察するしかないが、普段は昼食と夕食の間くらいの時間に居座っている。

対し今日は昼食くらいの時間に現れた——と同時に、なんだか良い匂いを漂わせている。

「せっかくなので今日は一緒にランチでも取ろうかな、と」

見ると、彼女の傍らにふわふわとトレイが二つ浮かんでいる。

おそらく魔法で浮かせているんだろう。リスタ先生自体、常時浮いているのだし、今更驚きもしない。

彼女は器用にトレイを牢の下の隙間へ潜らせ、俺の前に待機させる。

「どうぞ。今日はステーキですよ。ちゃんと焼きたて熱々です」

「おお……!?」

良い匂いの正体はこれか！

今までの食事も、そりゃあ中々美味ではあったが、どこか質素な感はあり、何より冷めていた。

でも、今目の前に差し出されているのは、明らかに脂の乗った、見るからに高級そうな肉だ！ ジュウジュウと音を立てる肉の塊だ‼

「い、いいんですか⁉」

「ええ、もちろん」

トレイを両手で取ると、魔法が解け、丁度良い重みが伝わってきた。

見た目だけで言ってしまえばただ物を浮かせているだけ。けれど絶妙なコントロールだ。

それだけで先生が優秀な魔法使いだと分かる……いや、今はそんなことより！

ああ、この肉の照り！ ほどよい脂！ こんな一目で分かる良質な肉、転生して初めてかもしれない‼

「こうして見ても、普通に子どもらしいですね」

「何か⁉」

「いいえ。冷める前に食べてしまいましょう」

「はいっ、いただきます！」

先生からの許しも出たので、ぱんっと手を合わせて、すぐにステーキにフォークを刺してかぶりつく。

予め食べやすいサイズに切ってある気配りも嬉しい。おかげですぐに――。

「う、あぁ～‼」

思わず叫んでしまった！

見た目や匂いを裏切らない濃厚な旨味が口の中いっぱいに広がる。

肉は幸福感を与えてくれると聞いたことがあるが、本当にその通りかもしれない！

「お口に合ったようでなによりです」

「めちゃくちゃ美味いです！」

「普段、あまりお肉は食べないのですか？」

「そんなことはないですが……食べるとしてもよく分からない獣の肉とかで、味もそれなりでしたから」

中には思い出したくもないものもある。

それに基本焼いて、塩コショウを振りかけるだけ。まあ、それだけでもそれなりにはなるが、やはり素材の良し悪しで味もかなり上下する。

「これは食用に飼育された最高級の国産牛肉ですから、確かに魔物の肉と比べれば美味かもしれませんね」

「はー……一生こればっか食ってたい……」

「それも夢物語ではありませんよ。貴方(あなた)がここで確かな実績を残せさえすれば」

「実績？」

「その第一歩が、今日です」

先生は改めて俺に向かい合い、じっと眼差(まなざ)しを向けてくる。

どこか真剣な雰囲気に、俺は思わず生唾を飲んだ。

「ジルさん、貴方の嫌疑が晴れました。まあ、形式上ですが」

「証拠不十分ってやつですか」

「そうですね。学院側は状況的に貴方を犯人にするのが望ましい……という以外の論拠を持ちませんから」

にしてはやはり随分粘った印象だ。

いくらなんでも王女の証言を否定してまで俺を排除しようとするのは強引だし、これはやはり……。

「学院に内通者がいる、と考えていますか」

「……見透かしますね」

「私も同じ考えですから。どうやら気が合うようです」

それはどうだか。

俺の情報源は彼女だけだ。

入れる情報を握っているのだから、俺が学院にどういう印象を抱くかは十分想像つくだろう。

「王女殿下が失踪した当日、まるで示し合わせたように警備に空白が生まれていました。普段であれば専任の警備隊が待機し、教員達も持ち回りで警備に出ています。それに王女殿下の入学に際し、より強化する手筈になっていたのです。その切り替えの際に生じた、ほんの小さな綻びを狙って誘拐が行われた……とても偶然ではないでしょう」

「彼女が王族なら、それこそ王城から専任の護衛が送られてきたりしていないんですか」

「これまで彼女のご兄弟――つまりは王族の他の方々も何名か入学し、卒業されていきましたが、そのような措置は取られていません。それが王族側のルールなのでしょう」

特別扱いを避けるためだろうか。社会学習の一環とか？

なんであれ、セレインの誘拐を目論むサルヴァ側に都合のいい状況になってしまっている。

「うーん……」

「ジルさん、あれこれ思い悩むのもいいですが、一旦後回しにしましょう」

「ここから出られるというのはお伝えした通りですが……生憎、のんびりする時間はありません。すぐにこれに着替えてください」

そして、ふわりと飛んできたのはこの学院の制服だった。

受付で渡されたのと同じか分からないが、サイズはぴったりっぽい。

「現在、入学式が終わり、一部の生徒はこのままクラス分け試験へと挑むこととなります」

「クラス分け？」

「王立学院は実技偏重の傾向があります。入学時点でどの程度の能力があるか確認し、成績順でのクラス分けを行っているのです」

ずっと淡々と話しているリスタ先生だが、この説明からは余計に機械的な印象を受けた。

整然としすぎていて、嘘っぽい。けれど指摘するにはちょっと難癖の域を出ないか。

「一部の生徒、と言いましたが……」

「すぐに分かります。さあ、準備を」

あれこれ疑っていては、本当にこの牢屋にずっと籠もっていた方がマシに思えてしまう。

俺は急いで肉を食べきり、言われるがまま制服の袖に腕を通した。

「え？」

か。

◇◇◇

制服に着替え、接収されていたアギトを受け取り、先生の後をついて歩く。

入学試験は第一訓練場というところで行われるらしい。

そして地下牢は本校舎の地下にあって、その第一訓練場まで地下通路で繋(つな)がっているとみたいだ。

この学院が広いことは分かっていたが、地下通路まで完備していると、もうまるで迷路みたいだ。

「第一訓練場は、生徒達の間では『闘技場』などと呼ばれています。各地に建造されている同名の施設と似通っているので」

なるほど。

闘技場は、RPGではよくある感じの円形で、中にぽっかりと広い空間の空いた——つまりは古代ローマの『コロセウム』みたいな建物だ。

当然、『ヴァリアブレイド』にも存在したもので、そこで行われている闘技大会に参加し、クリアすることで賞金やレアアイテムが貰(もら)えたのだ。

「そこで何をするんですか？　実技偏重と仰(おっしゃ)っていましたし、生徒同士で殴り合いでも？」

「いいえ、王立学院が重視するのは対人戦より対魔物戦です。なので相手も当然――」

「ジルっ‼」

「……え？」

先生の言葉を遮って、忘れられるはずのない透き通った声が、俺の名前を呼んだ。

でも、正直空耳だと思いたかった。そんなはずもないのだけれど。

「はぁ、はぁ……良かったぁ、本当に出られたんですね……！」

地下通路の進行方向側から走ってきたのは、やはりセラだった。

「お前……どうしてここに？」

「リスタ先生から伺ったんです。入学式の後、ここに来ればジルに会えるって！」

「ああ、なるほど……」

考えるまでもない。内通者は常に身近にいるものだ。

先生の話では俺の誤解を晴らすために、セラも根気強く学院に訴えてくれていたようだし、無事釈放となれば彼女に伝わるのは当然だ。

「悪かったな。心配かけたみたいで」

「はい……あ、いえ、えと、その……」

落ち着きなく、あわあわと視線を彷徨わせるセラ。なんだか少し面白い。

「ジルは悪くなんかないです。私はただ当たり前のことをしただけで……そもそも貴方を巻き込んでしまった私に非があるんですから……」

「非なんかないだろ。お前だって被害者なんだし」

「でも……」

「俺を放っておくことだってできたのに、わざわざ学院に掛け合ってくれたんだ。感謝しかないよ」

ゲームで見た彼女との違いを感じつつも、「困っている人は放っておけない」という点は同じらしい。

実にヒロインらしい、重要な素養だと思う。

「でも、ジルだって私を助けてくれました。それに比べれば私のしたことなんて些細なことで……」

「全然些細じゃないって。だって、あのまま犯人にされてたら、今頃俺は逃亡犯になって、本物の前科がついてたかもだし」

「ふむ。脱獄するつもりだったのですか」

「げ……」

そういやリスタ先生がいたんだった。余計な口を滑らせただろうか。

「いや、まあ、でも……ほら、実際はそうならなかったわけですから。それに、本当にそうしたかは分かりません。逃げたら先生が追ってきそうですし……本気で戦うことになったらと思うと、ぞっとします」

「その口ぶり、どこか余裕があるのが少し気に障りますね」

ピリッと空気が一瞬ひりつく。

もちろん俺も先生も本気じゃないけれど、それが分かっていないセラはおっかなびっくりといった感じで視線を右往左往させている。

「もちろん冗談ですよ。本気なら生意気な新入生くらい一捻りですから」

「なっ……!? じ、ジルは簡単に負けたりなんかしませんっ！」

「なんでお前が張り合うんだ？」

「だってジルは……私が出会ってきた中で一番強い人なんですから！」

ドクン、と心臓が跳ねた。

少し幼稚な言い方にも思えたが、その言葉は彼女の口から出るにはあまりに物騒で……まさか、これで最強も護衛も達成なんてことにはならないよな、さすがに。

「……なんて、私なんかに言われても何も嬉しくないでしょうけど」

「えっ」

微妙な反応が顔に出てたのか、セラは拗ねたように唇を尖らせる。

そしてなぜか、リスタ先生までも責めるようにじとっとした視線を向けてきた。

「い、いや、嬉しいよ。めちゃくちゃ嬉しい」

「本当ですか……？」

「あ、ああ……今までそんな褒められたことなかったし」

親父は素直に人を褒めるような人間じゃないし、他に関わりの深い相手なんかいなかったし。

でも、なんかこうも目を輝かせて喜ばれると、妙な罪悪感があるな。

騙したわけじゃないけど、心からの言葉だったかというと……うん。

「それでは、その実力はこの後の試験で存分に発揮してもらうとしましょうか」

「そうでした。ジルはこれからクラス分けの試験なんですよね。私、応援してます！」

「え、セラは受けないのか？」

「あ……えっと……私は、その……」

「彼女は受けませんよ。この試験は平民に対して行われるものですから。彼女の身分を考えれば――」

「や、やめてください‼」

先生の言葉を掻き消すように、セラが声を荒らげる。

「……？　彼は既に知っていますよ」

「でも……」

「彼女が王女だって話ですか」

「っ……！」

あからさまにセラが顔を歪める。

「あ、あの……ジル……」

「まあ、拘束される前のやりとりで言ってたからな」

「そう、ですよね……」

言葉がどんどん萎んでいく。

最初、名乗り合った時に意図的に伏せていたというのもあったし、知られたくなかったというのは明らかだろう。

実際、彼女は王族、俺は平民。猿でも分かるハッキリとした身分の差がある。

今タメ口をきいているのも本来であれば許されない行為なんだけど……なぜか敬語より先にタメ口が出てきてしまうんだよな。

しっくりハマりすぎているというか……もしかしたら、俺の中に彼女を『仲間』と思う感覚が染みついているのかもしれない。

前世で、『ヴァリアブレイド』で共に冒険していた頃の感覚。

未だゲーム気分が抜けていないと呆れもするが、しかし俺にとって簡単に削ぎ落とせない大事なものであるのも確かだ。

「……怒ってますか？」

「え？」

「だって、黙っていたから」

「いや、そんなこと……」

ほんの少しの無言にも敏感になるくらい、セラにとっては切実な問題らしい。

「その……黙っていたのは、すみません……でも、もしも貴方が私のことを知れば、冷たくされてしまうんじゃないかって……」

なんだか違和感がある。冷たくされる、というのは彼女自身を下げた言い方だ。

王族はこのバルティモア王国において最上級の存在であり、平民相手だろうが貴族相手だろうが、へりくだる必要なんかない。

（彼女にとって王族というのは、何か負い目を感じるようなものなんだろうか）

思えば、『ヴァリアブレイド』の中でも、セレインは自身が王族であることを無闇にひけらかしはしなかった。

王族であることを受け入れ、時には物事を有利に進めるために身分を利用する場面もあったが、差別的ではなかった。

(彼女にとって王族であることはあまり知られたくない……コンプレックスみたいなものなのかもな)

ゲームで見た強かさは、今の彼女にはない。

彼女はまだか弱く……心配になる。

「お気になさらず、王女殿下。彼はたとえ王女殿下相手でも態度を変えない図太い性格をしていますから」

「なんで先生が言うんですか」

「それに、この王立学院においては貴族も平民も、そして王族も等しく生徒です。たとえ彼がどんなに無礼で気安くても、学院の庇護下においては罰せられるものではありません」

なんだか棘のある言い方だな。悪意は感じないけど。

「それじゃあ、先生も彼女を王女殿下と呼ぶのは間違っているのでは」

「確かにその通りですね。それでは、セレインさんと……よろしいですか？」

「あ、はい……」

先生があっさり頷いたことで、生徒平等に信憑性が増す。

それを意図して、わざわざずっと王女殿下と呼んでいたのかは謎だが。

けれど……その平等は虚構だ。そもそもクラス分け試験を、王族、そして貴族生徒を省いて行う時点で保たれていない。

おそらく貴族生徒は問答無用で上位クラス、王族なら最上位クラスが約束されていると見て間違いないだろう。

俺達平民はこれからクラス分け試験で、上位の僅かしかない席を取るために奮闘させられることになる……ってところか。

「さて、それではそろそろ時間です。ジルさん、私はセレインさんを案内しますのでここで失礼しますね。後はここを真っ直ぐ行って、突き当たりを右に行った先の階段を上れば闘技場に着きますから」

「はい、わかりました」

「あ……ジル、その……頑張って！」

「ああ」

死の運命を逃れるためには、彼女にすげない態度を取ることこそ正解だったかもしれない。

けれど、どうしたってできなかった。それはかつて大好きだったゲームのヒロイン相手だからか、彼女があまりにか弱すぎるからか。

なんであれ、時間が経てば彼女の俺に対する関心も薄れてくれるだろう。

ゲームの世界におけるジル・ハーストがどうだったかは知らないが、俺はセラの「頑張って」に込められた期待に応えるつもりはない。

それが叶えば、クラスも別々になり、自然と彼女との接点も減っていくはず。

俺はまるで自身を納得させるみたいに、そう自分に言い聞かせた。

◇◇◇

「それではこれより、クラス分け試験を実施する」

教員とおぼしき初老の男性が、俺達新入生を前にそう宣言した。

闘技場は某野球ドーム一個分くらい、ざっくり計算して百人くらいの生徒が集まったところであまりある広さがある。

そして周囲を囲むように観客席が広がっていて、そこにもぱらぱらと生徒が散見された。

おそらく貴族生徒だろう。

「諸君らには今から、この場に召喚される魔物達と戦闘を行ってもらう。全員纏めて、多対多の集団戦だ」

周りの新入生達がざわめく。その大半が「魔物と⁉　嘘だろ⁉」的な、驚きの声だ。

たとえ平民であっても、魔物と戦った経験は珍しいものなんだろう。

とはいえ、俺がアギトを持っているのと同様に、生徒達は皆各々の武器を手にしている。

入学を機に買いそろえた生徒も多そうだけれど、装備があるのに心構えができていないっていうのは……まぁ、それも若さってことなんだろう。

「もちろん、個々が独立して戦闘しても構わないし、何人かでチームアップして臨んでもいい。魔物撃破だけでなく、サポートも含めた立ち回りも加点対象となる。ぜひ積極的に取り組んでもらいたい」

これには嬉しい生徒も多いのではないだろうか。

ゲームで言うところの、仲間を強化するバッファー、敵を弱体化させるデバッファー、傷を癒やすヒーラーなどなど、何も敵を殴るだけが戦いの素養じゃない。

もちろん戦闘自体苦手とか、そもそも貴族と違い英才教育を受けていないから自身に適した役割が何か分かっていないという生徒も多いかもだけれど。

「各々の武器や道具、さらには魔法の使用などに制限は設けない。くれぐれも他の生徒に当てたり、妨害などを行わないよう注意を払うように。そのようなことがあれば、当然減点せざるを得なくなる。深刻な場合は……この場で退学もやむを得んだろう」

最後にしっかり釘を刺してきたな。

まあでも、好成績に目がくらみ、他の有望そうな生徒の妨害をするなんてことも十分あり得るし必要だ。

「さて、堅苦しい説明は以上としよう……最後に」

初老の男性は、コホンと咳払いを挟むと、観客席の方に目を向けた。

「このクラス分け試験は平民出身の生徒のみを対象としている。王立学院は貴平平等。しかし、幼い頃から高度な教育を受け、経験を積んできた貴族生徒と、推薦人の評価程度しか纏まった情報のない原石である君達とでは、平等に評価を下すなど到底不可能なのだ。故に、このような試験を行っている。もしも貴族生徒達と同等の能力があると判断すれば、最上位クラスへの振り分けも有り得るだろう」

言葉を選んでいる感はあるが、ハッキリと言うのは誠実さを感じさせるかもしれない。

言ってることも正しいしな……俺は俺の推薦人とやらが誰なのかは知らないけど。

「そして、諸君らも知っての通り、今年入学の生徒には、第三王女殿下もいらっしゃる」

急に王女——セラの話になり色めき立つ生徒達。

そして丁度、観客席にセラと、ついでにリスタ先生が現れたのが見えた。

遠目にでもハッキリ目立つ美貌から、その存在に気が付いた生徒も多いようで、男女問わず半ば興奮したような声を漏らす。

おそらく彼女は最上位クラスへの所属が確定している。もしもこの試験でいい成績を残し、そこに入れればお近づきになれるかもしれないし、もっと上手くいけば特別なコネが築ける可能性だってある。

王族とのコネなんて、一族諸手を挙げて喜んでも足りないほどのラッキーだ。特に平民にとっては。

「諸君らの奮闘に期待する」

そう言い残し男性が去って行く。

王女の存在を見せただけで士気は十分高まっただろうというところか。

なんであれ、わざわざ王女が観戦してくれるのはビッグチャンス。目立ってなんぼってやつだな。

（まぁ……俺は別にいいけど）

既に面識がある余裕などでは全然なく、今回の試験で俺は好成績を残すつもりはない。

むしろ減点されるための立ち回りを目指すのだから、目立つのは論外。地味に、ほどほどに、だ。

——ピーッ！

と、ぼーっとしている内に、闘技場内に笛の音が鳴り響いた。試験開始の合図だ。

同時に前方に複数の魔法陣が生じ、光の中から複数の魔物が飛び出した。

(あれは、ラーフバットか)

名前の通り、元の世界にもいたコウモリをそのまま大きくしたような見た目の魔物だ。

大体の体長は八十センチほど。

もしも前世で見かければ腰を抜かしそうなビジュアルだが、この世界の魔物の中ではかなり弱い部類だ。

それこそ駆け出し冒険者の練習相手に適した魔物で、ゲームでも最序盤の敵として出てきた覚えがある。

アクション操作に慣れるため、プラス経験値稼ぎに絶好の相手で、こいつを爽快に倒せるようになる頃にはレベルも良い感じに上がっているという、まさに初心者の指南役だ。

「うおおおおっ‼」

新入生達はときの声を上げ、駆ける。魔物という敵を前にしても怖じ気づく気配はない。

むしろ我先にと武功に焦っているくらいだ。

「はあっ！」

「ギエッ⁉」

ちょうどすぐ傍で、新入生がラーフバットを倒していた。

真剣を持つのに慣れた様子はなく危なっかしいが、この程度の相手なら苦戦なんてしようがないか。

「俺も走るそぶりくらいは見せておいた方がいいかもな……」

やる気なしと見られても損だし、遠くからでも背中に強い視線を感じる。

おそらくセラかリスタ先生だろうけれど……。

「お、丁度いいところに──」

「もらったぁっ！」

偶然、乱戦を潜り抜けてきたラーフバットを見つけ、狩ろうと足を向けた瞬間、別の新入生が強引に割り込んで剣を振るった。

「うおっ」

大げさに振るわれた剣が鼻先を通り過ぎていく。

あわや俺の首が吹っ飛ぶところだったぞ。危ないな、いや本気で。

「よっしゃあ！　1ポイントゲットぉ！」

その新入生はというと、俺なんぞには目もくれずラーフバットを倒して嬉々(きき)としている。

討伐数に応じてポイントが配られるなんて言われていなかった筈(はず)だが、おそらく熱に浮かされているんだろう。

地面に落ちたラーフバットは死んだ傍から黒い煙になって消え、ぽとんと小さな爪を落とした。

魔物は死と共にこのように消滅し、爪や牙など、体の一部をランダムに遺(のこ)していく。ゲームでいうところの『ドロップアイテム』というやつだ。

魔物のメカニズムはゲームでも語られていなかった。というか常識として、メタ的に「魔物というのはこういうものだから」で片付けられていた問題だ。

死骸が消滅するところから、通常の生物とは違う構造をしているのは察しがつく。

魔物はどこからか無尽蔵に現れ、永遠に絶滅することのない厄介な存在だ。一時的に殲(せん)滅(めつ)できても、時間が経てば湧いてくる。

ゲームではスルーされていた話でも、この世界においては無視できない現実だ。興味がないと言えば嘘になる。

なんて、考え込んでいる間も、新入生達はラーフバット討伐に盛り上がっていく。

「オラオラぁ‼」

「ん……？」

ふと威勢のいい声が耳に入り、そちらを振り向く。

見ると周りの新入生達よりも一回りガタイの良い大男が、無骨な大斧(おおおの)を振るい、ラーフバットを纏めて一掃していた。

ああも派手に、大げさに暴れられれば他の新入生達も近寄れない。

あえて目立つことで周りを牽制(けんせい)し、自分の狩り場を作った……なるほどなぁ。

あれは極端な例だが、よく見ればこの闘技場全体にそういった秩序めいたものが生まれ始めていた。

最初はそれぞれが思い思いに暴れていたけれど、今では一部でチームアップしたり、あの大男ほどでなくても自分達の狩り場を形成していたり……おかげで俺みたいにあぶれる奴(やつ)が出てくるわけだが。

(これは試験。学院側が見たかったのはこれか？　でも、こんな明らかな格下相手に――)

「うわあああああっ⁉」

「ん？」

突如、熱に浮かされた空気にそぐわない悲鳴が響き渡った。

反射的にそちらに目を向けると――複数の新入生が、ラーフバットとは異なる、倍以上の大きさを持つ熊型の魔物に襲われていた。

「ノーブルベアー……？」

体長約二メートルの巨体を持つ熊型の魔物。特徴はマフラーのように見えるモコモコした首回りの毛とでっぷりした胴回りが特徴的なちょっと偉そうな奴。

もちろんゲームでも対峙したことがある。ラーフバットより格上の、序盤最初の壁というポジションだろうか。

鈍重ではあるが、がっしりした体には武器の通りが悪く、しっかりと攻撃を見極め、躱しつつコンボを決めることを求められる、初心者の先生的存在だ。ラーフバットと同じく、俺にとっては非常にお世話になった相手。

まぁ、感謝よりも散々舐めさせられた辛酸のほうが蘇ってくるが。

そんな相手だが、鈍重な分腕力はかなりのもの。舐めてかかれば……。

「く、なんだ……硬い⁉」

「攻撃が効いてない……うわぁ⁉」

新入生の一人が胴体に剣を叩きつけ、弾かれる。

そして、同じグループの仲間が気を取られた隙に、思い切りぶん殴られて吹っ飛んだ。

ノーブルベアーは鈍重とはいえ、手足もぱっと見の印象より長い。

歩幅が大きく、リーチも長いため、気を抜けばあっという間に向こうの適正距離へと詰められ、反撃を喰らってしまう。

図体も大きく、それだけで圧があるし……どうやら新入生達の多くは初見なようだ。

「ぐ……!?　こっちも出たぞ！」

見れば次々と、魔法陣からノーブルベアーが飛び出してきていた。

ラーフバットほどの数じゃないし、冷静に対処すれば十分倒せる相手だが、さっきまでの楽勝ムードがあった分、分かりやすい脅威を前に新入生達は軽いパニック状態に陥ってしまう。

「グオオオッ!!」

「おっと」

そうして崩れた新入生達の包囲網を突破し、ノーブルベアーが一体俺に突っ込んできた。

軽く横に跳び、突進を躱す。軌道の先にいた新入生が何人か巻き込まれていたが……まあ、注意してなかったのが悪いってことで。

「グルゥ……」

「なんだ、俺を狙ってるのか？」

魔物のターゲット選定基準は種によってばらつきがあるが、ノーブルベアーは基本、最初に狙った敵を執拗に襲い続けるというものだったはず。

道中でターゲットを倒したのか、たまたま最初から俺に目をつけたのかは分からないが、ちょっと面倒だ。

とはいえ、ターゲットがしっかり引きつければ周囲からは隙だらけ。そこを狙えば新入生くん達でも討てるはずだけど……。

（みんな腰が引けてんな……）

誰もこのノーブルベアーを叩こうとしない。遠巻きに、怯えて戦意を喪失している。

例外を探すと、さっきの大男だろうか。彼は中々に手練れらしく、ノーブルベアーが相手だろうが一切躊躇なく大斧を振るい薙ぎ払っている。

ただ、彼の方へ押しつけようにもちょっと距離があってそれはそれで面倒だ。

「しょうがない」

「グオオオオッ‼」

再び突っ込んできたノーブルベアーに向き合い、アギトを抜く。

そして、真っ正面から突っ込んできたノーブルベアーの頭を飛び越えて躱しつつ、すれ違いざまに背骨に沿う形で真っ二つに切り裂いた。

「グ――」

ノーブルベアーは断末魔の声を上げることもできず、黒い煙となって消滅した。

「これで俺も1ポイントゲットかな。さて……」

闘技場内を見渡すが、状況は変わらずで、さっきの大男含め一部の新入生は対応できているものの、殆(ほとん)どが防戦一方なままだ。

学院側が見たいのは、予想外の状況にどう立ち回るのかなんだろうけれど、これじゃああまり良い評価は下らないだろうな。

そんなわけで――秩序立った狩り場は見事に乱され、俺にとっては逆に追い風だ。

今ならラーフバットも野放しになっているし、襲ってくるノーブルベアーも狩っていけば、中々の成績を……。

(って、いかんいかん。目標を忘れるな)

俺にとってこの試験は最低限で乗り越えるのがベストなんだ。

セラのことがなくても、貴族生徒に囲まれての学院生活なんて息が詰まるだろうし、ほどほどにが一番。どうやら他の新入生の熱に当てられていたらしい。

「よし、じゃあ残ったノーブルベアーは良い感じに動けてる連中んとこに誘導しよう」

早々に方針を立て直し、動き出した直後、

「ウオォォオオンッ‼」

「っ⁉　またかよ⁉」

新たな魔物の咆吼に、つい悪態を吐いてしまう。

ラーフバット、ノーブルベアーと来たんだ。おそらくさらに大型の魔物が出てくるんだろう……ん？

「なんか、冷たい風が……」

冷気が頬を撫でたのを自覚した瞬間、魔法陣の向こうから激しいブリザードが吹き出してきた。

「な、なんなのっ⁉」

新入生達が恐怖から叫び声をあげる。そして、それは彼らだけでなく、

「ぐ、グオォ……」

闘技場に残っていたラーフバット、そしてノーブルベアーもだった。

魔物達はお互いの力関係に敏感だ。何型かにかかわらず、決して自身より強い魔物には逆らわない。

おそらく人間にはないレーダーのようなもので察知しているのだろうけど……この怯え

方は異常だ。

まるで自分達の存在も脅かされるかのような、遥かに強大な存在……！

「……っ！　全員下がれっ‼」

ブリザードの向こうで、赤く鋭い眼光が瞬き……俺は咄嗟に叫んでいた。

「ウオオオォォォンッ！！！」

「う、うそ……」

ドスン、ドスンと足音を響かせ、地面を揺らし——悠々と現れたそいつは、誰もがその存在を知り、しかし目にする機会なんて一生に一度もないだろう希少な存在。

「ど、ドラゴン……⁉」

四足歩行の、悠然たる竜が、闘技場に現れていた。

体長は二十メートルほどだろうか。当然ノーブルベアーなど話にならないほどの強大な存在だ。

「ひ、ひぃ……！」

「これも試験なのかよ……⁉」

「グ、グゥ……」

新入生は怯え、足を震わせている。中には腰を抜かしてしまった者もいた。

さらにはラーフバット、ノーブルベアーまでも、ドラゴンから目をつけられないように
と地面に伏せ、身を震わせている。
当然だ。ドラゴンは周囲の全てを圧するほどの殺気を放ち続けているのだから。
（ていうかあれ……『氷竜』か!?）
水色の鱗（うろこ）を持ち、全身からおびただしい冷気を放つ——その特徴を持つドラゴンに俺は
覚えがあった。
『氷竜ディモダロス』。
ラーフバットやノーブルベアーといったストレートなネーミングとは違う、分類名と固
有名に分けて呼ばれるそれは、名前の通り雑魚（ざこ）と一線を画す特別な魔物だ。
『ヴァリアブレイド』では、終盤に訪れる人里離れた氷山の奥地に生息する強敵だ。
攻撃モーションも隙が少なく、さらに極寒フィールドとディモダロス自身が放つ冷気に
よって動きを阻害され、かなりの苦戦を強いられる難敵だった。
当然実際に対峙したことはなかったが、放たれる威圧感は強者のもの。間違いなくひよ
っこ同然の新入生が相手にできる存在じゃない。
（強大な敵を前にした対処法を見ている……？　いや、これだけの大物、死人が出る
ぞ!?）

ゲームで知っているからこそ、強さも分かる。他人のそら似にも期待できないだろう。

（どうする……⁉）

変に目立ちたくはない。もしかすればこのディモダロスの出現は、何か学院側で意図してのものかもしれないし。

俺が頭を悩ますまでもなく、学院側が予め対処法を用意しているかもしれない。

けれど……それはもしかしたらの話だ。

逆に、このディモダロスの出現がアクシデントだったら？　学院側が俺達の安全より、貴族生徒達の避難を優先していたら？

ここにいる新入生達は……。

「こっちだ！　こっちにこいっ‼」

「っ！」

若い少女の声。

見ると、ボーイッシュな雰囲気の少女がディモダロスの気を引くように声を張り上げていた。

彼女の周りに他の新入生はいない……まさかわざと囮になろうとしているのか⁉

「ウオオオオンッ‼」

たかだか叫ぶだけの挑発に、ディモダロスは激しい咆吼で応える。

（マズい！）

これはあの子をターゲットに定めた合図だ。

「うぅ……！」

真正面から咆哮を受け、顔を歪める少女。

気絶しないのは偉いが、それでも足は竦んでしまっていて――俺は咄嗟に地面を蹴った。

その間にも、ディモダロスは次の行動に移る。

首を引いて溜めを作り、狙いを定めるように少女を見据え……あの動きは！

「ブオオオオオオッ!!」

引いていた首を伸ばし、ディモダロスが口から冷気を吐き出した。

竜の吐息、ドラゴンブレス。

意識的に吐き出された呼気は、地面を抉り取るほどの破壊力を有していた。

「うぐっ……!?」

「きゃあああああっ!?」

俺は寸前で間に割り込み、少女を抱きかかえ、その勢いのまま地面にダイブして……なんとか間一髪、ブレスの直撃を回避した。

しかし、余波にがっつり巻き込まれ、二人纏めて吹っ飛ばされてしまった。

「いってぇ……おい、大丈夫か？」

「ぁ……え……!?」

腕の中で少女が目をパチクリと瞬かせる。

ボーイッシュな出で立ちだが、近くで見るとなんとも……セラに勝るとも劣らない絶世の美女だった。

「あたし……生きてる？」

「死ぬ気だったのかよ」

「あ、いや……全然なんも考えてなくて……」

どうやら後先考えずにディモダロスの注意を引いたらしい。なんて危なっかしい奴なんだ……って、そんなこと考えている場合じゃない。

「おい、立てるか」

「えっ」

「立てないなら……！」

「きゃっ!?」

彼女を、いわゆるお姫様抱っこな感じで抱きかかえ、すぐさま移動する。

直後、俺達がいた場所にディモダロスの尻尾が叩きつけられた。

「ひっ⁉」

「参ったな、これは……」

依然としてディモダロスは俺達――いや、彼女を狙ったままだ。

この状況は故意なのか、トラブルなのか……どちらにしろ学院側からの介入はまだない。

観客席の方もディモダロスの纏う冷気が起こすブリザードのせいで視認できない。

「あ、あの……あたし……」

「口閉じてろ。舌噛むぞ」

幸いあいつの攻撃パターンは知っている……ゲームで、だけど。

基本的な攻撃は先ほどのブレスや、尻尾や爪を振るってきたり、噛みつきだったり……

そして冷気を操り空気中に氷のつぶてを生成し飛ばしてくる攻撃。

最後のが特段厄介で、ドラゴン自身の動きとは別に独立して襲ってくるため、常に気を張らなくちゃいけない。

ただ、このディモダロス、ゲームで対峙したときよりも鈍重に見える。

もしかしたらこいつが本来生息する雪山に比べれば、このコロシアムは暖かすぎて、身動きが取りづらいのかもしれない。

ある程度攻撃パターンが頭に入っていて、予備動作から次の行動が読み取れる――この状況なら、この女の子を抱いた状態でも回避する余裕は十分に持てた。

（でも……避け続けるだけじゃジリ貧だ）

もしも学院側にとって、こいつの出現が予期せぬトラブルであり、即座に対処する術を持たない場合、ディモダロスの脅威は、ここにいる平民生徒だけでなく、観客席の貴族生徒にまで及ぶだろう。

――ジル！

「っ‼」

セラの心配するような表情が脳裏を過る。

苦しげで、切なげで……見ているこちらが落ち着かない、そんな表情。

「くそ……！」

もしかしたら今も、そんな顔をさせてしまっているのかもしれない。

観客席でか、避難させられながらか、分からないけれど……。

「ウオオオオンッ‼」

ディモダロスがイラついたように咆吼を放つ。

（っ！　しまった‼）

巨体から放たれた咆哮が衝撃波を巻き起こし、俺が立っていた地面ごと抉り飛ばす。

考え事に気を取られ、反応が遅れた俺は、正面からもろに喰らい、吹っ飛ばされてしまった。

「きゃあああああっ‼」

抱えたままの少女が悲鳴を上げる。

(くそ、なんとか彼女だけでも……!)

この状況でできるのはそれだけだった。

彼女を強く抱きしめ、襲い来るだろう着地の衝撃に備える。

そして、空中でなんとか俺の体が下になるよう調整し、勢いそのまま背中から地面に転がり落ちた。

――ゴツンッ!

「ひゃあっ⁉」

「う、ぐぅ……⁉」

転がる衝撃の中、俺と少女の口が衝突した。

ラブコメ的うっかりキス――なんて、ぬるっとしたものではなく、ジンジンと痛みが走るただの事故だ。

「わ、悪い！　大丈夫か⁉」

「うぅん……」

どうやら気を失ってしまったようだ。彼女は項垂（うなだ）れて、完全に脱力している。歯が折れた……という感じではなさそうだ。良かった。

（とにかく守ったんだ。事故は事故。こっちも痛い思いをしたわけだし……って、何の言い訳だよ）

案外余裕のある自分に呆（あき）れてしまうが……いや、吹っ飛ばされたおかげで頭も冷えたか？

あれこれ考えるのは後回しだ。

もう分かった。あれを止めるのに、誰かが助けてくれるのを待っている猶予はない。

このまま暴れさせていれば、間違いなく死者が出る。

その前に止めるには……。

「オラァ‼」

「っ⁉」

突然、野太い声が聞こえ――直後、ディモダロスの顎がかち上げられた。

あれは……さっきの大男⁉

「ハハハハハッ‼　いいじゃあねぇかぁ！　ザコばっかで退屈してたんだ！　勝負ってのは、こういう強い奴と殺り合って初めて意味があんだよッ‼」

大斧を振るい、野性的な笑い声を上げる。

（あの姿、どこかで……？　……いや、それよりも！）

あの男の実力がどれほどかは分からないが、ディモダロスは慮外の攻撃に怯んでいる。

今なら……！

「下ろすぞ」

聞こえていないと知りつつ、気絶したままの少女を地面に下ろし、アギトの柄に手を掛ける。

悪目立ちはしたくない。この吹雪のベールがどれほど俺を隠してくれているか定かじゃないが……それでも、優先すべきは目の前の脅威の排除だ。

俺には力がある。

名前も知らない新入生達。観客席にいる貴族様達。

彼らを守る力が。

「ふぅ……」

深く息を吐き……集中。

不思議と力が湧き出てくる感覚があった。

サルヴァと戦った時のように、『ジル・ハースト』が目を覚ましたのかと一瞬思ったが……。

（……いや、違う）

あの時の、感覚が遠のいていくのとは真逆に、今はあらゆる感覚が鋭敏に強化されているような感じがする。

何かに背中を押され、能力を底上げされているような……不思議と心地が良（い）い。

（遊びはいらない。確実に、あの氷竜を倒せる一撃を……！）

中途半端（ちゅうとはんぱ）に傷つけて、興奮でもされれば被害はより広がるだろう。

最初から全力で、一気に勝負をつけるしかない。

「奥義（おうぎ）……！」

俺はアギトを鞘（さや）に収めたまま、居合いの構えを取る。

幼い頃から、親父（おやじ）に戦う術（すべ）を叩き込まれてきた。

あらゆる状況に備え、あらゆる武器の使用を想定し——その中でも、今から放つ技は最も体に馴染（なじ）んだ刀『アギト』を用い、さらに溜（た）めにも十分な時間を要する、文字通り最大最強の必殺技だ。

大体の話ではあるけれど、この世界における技はその規模も威力も、どれほどの魔力が込められているかに比例する。

『ヴァリアブレイド』でも上位の技になればなるほど、消費MPも増えたものだ。

魔力は火薬。たくさん燃やせば火力も増える。

威力も、範囲も、見た目も、大技になればなるほど強く、大きく、派手になっていく。

けれど……それが優位に働くのは対多数の時のみ。

今回のように強大な、単体の敵と対峙する時は、一点集中の一撃こそが相応しい。

込めた力の全てをただ一撃に集約した、絶対的な一刀。

（集中……魔力を全解放……そして凝縮、凝縮、凝縮……‼）

冷気は体力を蝕む。最速で、最短であの竜を殺さなければ、新入生達への被害は広がっていく。

力を拡散させてしまえば、あの竜を殺すに至らないかもしれないし、俺の攻撃が新入生達を襲うかもしれない。

求めるのは完璧だ。体調は不思議と良い。

俺ならできる。絶対にできる。そう自身にプレッシャーを与え、追い込む。

（今だッ‼）

アギトに込めた力が最大限に高まり、収束しきった瞬間、俺は地面を蹴り跳び上がった。

「ウォッ⁉」

（殺気を察されたか？　マズい！）

大男に向かっていたディモダロスの首が瞬時にこちらを振り向く。

そして、死の気配に体が反応したのだろう、氷のブレスを吐き出してきた。

ブレスは溜めを伴った完全なものではない。けれど、たとえ咄嗟（とっさ）の牽制（けんせい）であっても相手はあの氷竜ディモダロスだ。直撃を喰らえばただじゃすまない。

それに今の俺は、アギトに込めたエネルギーが弾（はじ）け拡散してしまわないよう力尽くで抑えているような状態だ。

そこに水を差されれば、せっかく収束した力が乱され、下手すりゃ暴発まで起こり得る。

（……ッ⁉）

氷竜のブレスが届く——その瞬間。

俺の体が、まるで何かに引っ張られるように浮かび上がった。

（この感覚は……！）

何者かに体を奪われるような感覚。

一瞬だったが今度こそ間違いない。サルヴァと戦った時と同じだ。

『ジル・ハースト』が俺の体を奪い、どういう原理か空を蹴って、ブレスを躱(かわ)すよう跳ね上がったのだ！

さらにどういうわけか、今回はその一瞬のみで、すぐに体の制御は俺に戻り――今、そんな俺の眼前には、無防備になったディモダロスの頭があった。

なんだっていい。この好機――絶対に逃さない！

「喰らえッ！　極光一閃(きょっこういっせん)ッ‼」

奥義・極光一閃――鞘に収めた刃(やいば)に自身の魔力、生命エネルギーのありったけを溜め込んで、抜刀と同時に相手にその全てを押しつけ、斬り付ける、一撃必殺の力業だ。

並の剣であれば粉々になるだろう力を溜め込んだアギトは、鞘から抜き放たれ敵へとぶつかるまでの瞬(また)きのような刹那(せつな)、全てを飲み込むかのような鋭い閃光(せんこう)を放つ。

故に『極光一閃』。その破壊力は――！

「ぐへっ⁉」

ろくに受け身も取れずに、俺は地面に落下した。

極光一閃は俺のありったけを詰め込んだ正しく最強の必殺技。

ありったけを込める分反動も大きく、使った直後はいつも体力はカラっぽになり、翌日には筋肉痛みたいに全身が痛くなって、二日酔いみたいに気怠(けだる)い一日になることが確定。

ゲームじゃどんな大技を放ってもみんなピンピンしていたけれど、実際に自分の体を使って戦うとなればそうもいかず、非常につらい。

眠たいけれど眠れない、みたいな気持ちの悪い感覚の中、そんな驚いた声が聞こえた。

「なんだぁ⁉」

声の太さ的に、あの大男か。

ディモダロスの至近距離にいた彼だけれど、極光一閃はメタ的に言えば単体攻撃。

敵一体のみにダメージを集約する技なので、喰らったのはせいぜい余波程度だろう。

でも、内心ホッとしてもいる。うっかりドラゴンと一緒に殺しましたなんてなれば、あまりにお粗末だ。

「ドラゴンが消えた……逃げやがったか⁉」

（……消えた？）

男の言葉に一瞬疑問を覚えたが、すぐに意味を理解する。

首を動かし見上げると、ディモダロスがいた場所には何一つ残ってはいなかった。まるで最初から存在しなかったかのように。

目論み通り、極光一閃によってディモダロスは死亡。魔物は死骸を残さず黒い霧となって消滅するが、放たれた光がその霧さえ掻き消すため、消えたように見えるのだ。

近くにいた彼でもそう錯覚するのだから、他の人達——特に観客席にいた貴族や教員達にも俺がやったとはバレてないだろう。

たかだか一学生が、一瞬で巨大なドラゴンの命を刈り取るなんて、普通考えつかないだろうしな。

「ふぅ……」

俺は仰向けに転がり直しつつ、深々と息を吐きだした。

主を失ったおかげで吹雪も去り、吹き抜けの空には気持ちの良い快晴が広がっていた。

「おーいっ！　キミーっ！」

さっきの少女の声と足音が近づいてくる。

どうやら気絶から、もう目を覚ましたらしい。

彼女はそのまま俺の傍で立ち止まると、空を遮るように顔を覗き込んできた。

「えーっと、大丈夫？」

「……だいじょばない」

地面にぶっ倒れたまま、俺は情けない声を絞り出した。

少女は苦笑しつつ、俺に手を差し出してくる。

俺はその手を掴んで立ち上がり……しかし、足に力が入らなくて結果的に肩を借りるこ

となってしまった。

「なんか、びっくりした……目を覚ましたらさ、ぱーって光って。キミはいつの間にかこんなところに倒れてるし、あのドラゴンも消えちゃってるし。これ、現実？　夢じゃないよね？」

「そうだなぁ、不思議だなぁ」

「なんか棒読みじゃない？」

「そんなことないぞ。うん」

彼女も何が起こったか分かっていなそうなので、俺も乗っからせてもらうことにした。

俺はやけくそでドラゴンに突っ込んで、しかしドラゴンは突然消滅。

行き場をなくした俺は盛大にすっ転び、今の状態に——という感じで。

「ありがとね」

「え？」

「その……あたしのこと助けてくれて。ちゃんと逃げようとしたんだけど、目が合ったらさ、なんか足竦(すく)んじゃって……あはは、本当に死ぬかと思ったよ」

「笑い事じゃないけどな……」

けれど、彼女が気を引かなければ他の生徒が何人も犠牲になっていただろう。

氷竜ディモダロスのターゲット選定基準はヘイト蓄積によるもの——ゲーム的な考えを抜きにすると、危険度の高い相手を狙う、といったところか。

彼女がどうやってあのディモダロスの注意を引きつけたのかは分からないけれど、確かなのは彼女の勇気によって多くの新入生が救われたということだ。

もちろん無謀だし、二度と繰り返すべきじゃないとも思うけれど。

——ピーッ、ピーッ、ピーッ‼

そんな会話をしていると、突如闘技場内に笛の音が鳴り響いた。

試験終了ということだろうか、さっき説明していた男が再び現れる。

「ふむ……予期せぬ事態は発生したが、まぁ許容範囲内か。諸君、ご苦労だった。これでクラス分け試験を終了とする」

「ちょ、ちょっと待て！」

声をあげたのは見知らぬ新入生。

「最後の、一体何だったんだよ⁉　吹雪に煽られて何人も吹っ飛ばされてた……俺達だって下手したら死んでたかもしれないんだぞ‼」

そうだそうだと、周囲の何人かが声をあげる。よく見れば、先ほどノーブルベアーと戦っていた時にチームアップし、それなりに成果を上げていた連中だ。

ディモダロスを前にし、直接戦っていないとはいえあれだけ元気なら、おそらく新入生の中では優秀な部類なのだろう。

「しかし、実際は死んでいないだろう」

「なんだと……!?」

「諸君らには言っていなかったが、今回の試験に際し、ひとつの魔法を付与させてもらった。もしも諸君らが致命傷を負うほどのダメージを受けた時は、観客席へと転移させるというものだ」

魔法の付与……全然気が付かなかった。

「魔法は問題なく発動していた。実際何人かの転移は確認され、この闘技場に残った者も多少の怪我(けが)こそあれ死者はいない」

「そんな淡々と……そもそも魔法が付与されていたなら、なんで黙っていたんだ!?」

「転移魔法はあくまで保険。保険ありきの自爆特攻などされては、正当な評価などできない。少し考えれば分かると思うがな」

温度差が激しい。まぁ、学院側の主張も間違っちゃいないが……。

「今回の試験では、格下、同格、格上……それぞれの敵にどのように対処するか、実力と咄嗟の判断力を見せてもらった。各評価結果は……どのクラスに配属されるかによって、

か？

　予期せぬ事態とは言いつつ、学院にとっては十分対応できる範囲内だったということ

　ということは、俺がアレを倒してしまったのは完全な悪手だったかもしれない。本来倒せることを想定されていなかった敵ってことだろうし。

　そして、その一部始終もバッチリ見られていた可能性もある。

「はぁ……」

「どうしたの、溜息吐いて」

「いや……なんでもない」

　しかし、俺が何もしなければ、いくら転移魔法によって死は免れるって話であっても、この子や今は元気な新入生連中が痛い目にあっていたのは間違いない。

　それを防げたんだ。成果としては十分……ってことにしておかないとやってられない。

「それでは解散とする。クラス分けは明日の朝七時に本校舎前へと張り出される。各自、確認の上それぞれの教室へ向かうように。以上だ」

　それだけ言って、男は行ってしまった。

　残された新入生達は戸惑いつつ、しかしこれ以上何かが起こるということもないため、

一人、また一人とこの場を後にし始める。

「チッ！」

さっきの大男も、不機嫌そうに舌打ちしつつズンズン足音を立てて去っていった。

ディモダロスの気を引いてくれた礼をすべきかとも思ったが……やめておこう。機嫌良くないみたいだし。

「それじゃ、ボク達も行こうか」

「ボク？　さっきはあたしって言ってなかったっけ」

「あ……えと……」

少女が顔を赤らめつつ、そらす。

「さっきはちょっとパニクってて……実は男子のフリして通おうと思ってたから」

「ああ、だからズボン穿いてるのか」

今更だが、彼女は女子用のスカートではなく、男子用のロングパンツを穿いている。

髪もショートだし、胸もサラシか何かで潰してるみたいだし、確かに男子と誤魔化そうと思えば誤魔化せそうだけど。

(となると、遠目にでも女子って見破っちゃったのは悪いことしたかな)

美少女顔とはいえ、美少年に見えなくもない。

なのに、なんか女子って思っちゃったんだよな……実際正解だったわけだけど。

「でも、キミにはもう今更取り繕えそうにないよね」

「なんでわざわざ男装なんかしてるんだ？」

「……一身上の都合です」

「ああ、聞いちゃマズかったか。ごめん」

「謝ってもらうほどのことじゃないけれど……」

地雷を踏んでしまっただろうか。すごく気まずい。

とはいえ、彼女の支えなしでは立って歩くのもしんどい状況だし……。

「ジルさん、ご苦労様です」

「っ……リスタ先生？」

ふわふわと、またもやリスタ先生が飛んできた。

この空気に割って入ってくれるのは素直に有り難い。

「先生？」

「ええ、そうですよ。ルミエさん」

「あた――ボクの名前、ご存じなんですね」

「ええ」

少女――ルミエは、気まずげに俺を見てはにかむ。

「なんか、自己紹介する前に言われちゃったね……ジルくん」

「あ、ああ」

俺の名前も先生に呼ばれたため、結果的に互いの名前は知れたことになる。

すっかり自己紹介なんて忘れていた。できる状況じゃなかったというのもあるけれど。

「それで、先生。どうしてわざわざここに？」

「ジルさんは寮室がどこか知らないでしょうから、案内しようかと」

「あー……それは助かります」

「えっ、なんで知らないの？」

「……一身上の都合だ」

まさか王女誘拐の疑惑を受けて地下牢に囚われていたなんて言えるわけもなく、さっきのオウム返しで濁させてもらう。

「それにしても、随分無茶をしたようで」

「まあ、カッコつけようとした罰が当たりましたかね」

「セレインさんも心配していましたよ。避難される直前まで、手が真っ白になるくらい貴方の無事を祈られていましたから」

「そうですか」

あの時感じた彼女からの激励は、まったく俺の妄想だったというわけでもなかったらしい。

「あの……先生？」

「なんでしょうか、ルミエさん」

「避難って……どういうことですか？」

「ああ……まあ、色々とありまして」

リスタ先生が露骨に言葉を濁す。

確かに軽く聞き逃しそうになったが、避難って言ったよな。

見ると、観客席には既に誰も残っていない。セラも、貴族生徒達も、みんな避難していたってことか？

つまり、結局のところディモダロスの出現は学院側にとってもトラブルだったということ……？

「お二人とも疲れたでしょう。今日はゆっくりお休みください」

リスタ先生は強引に話を打ち切ると、ついっと指を空中に走らせ、俺の体を浮かばせる。

「わっ⁉」

「立つのもつらそうですから、運んであげましょう」

「……どうも。えーっと、ルミエ。ありがとな」

「ううん！　あたしの方こそ！」

「ボク、じゃなくていいのか？」

「あっ……！　……いいや、リスタ先生は知ってるみたいだし……」

どうやら早々に開き直ったらしい。

彼女がいいならそれでいいけど……こういう男装ヒロインの性別バレなんて目を見張るビッグイベントなのに、随分あっさり消化してしまった。

中々創作のようにいかない……まぁ、彼女がヒロインかどうかはともかく、俺は主人公なんかじゃないのだから、どうだっていい懸念か。

◇◇◇

「……は？」

「ですから、できるだけ向こう見ずな行動は避けるようにと」

「ではなく、その前に言ったことです」

「貴方に転移魔法が掛けられていなかったという話ですか」

「それです‼」

先生に運ばれること数分、驚愕の事実に俺はつい声を張り上げた。

転移魔法が掛けられていなかったということは、俺だけ安全装置を外されていたということで……結果的になんともなかったから良かったものの、下手すりゃ俺だけセーフティーラインを越えて死んでたってことだ。

「何でそんな嫌な特別扱いするんですか……」

「理由は三つ。一つは、転移魔法が付与されたのは、入学式の最中だったからです。生徒達に気づかれないように、というのが優先事項ですので、ここしかタイミングがなかったのです。まぁ、掛けたのは私ではありませんが」

自分なら入学式の最中でなかろうが、バレない自信があるという感じに胸を張る先生。

「そして二つ目。ジルさんに関しては私がこっそり付与しても気づかれると判断したからです。貴方は今も私を警戒していますし、不審な行動を取れば余計に溝が生じたでしょう」

「………………」

なんと返せばいいのか分からなくて、沈黙する俺。

まだ警戒しているというのは間違いじゃない。

ただ、理屈ではないなんとなくだけれど、この人は信用していいんじゃないかとも思っていて……なんとも複雑だ。

「そして最後。そもそも貴方に転移魔法は不要だと思ったからです。クラス分け試験ごときで苦境に立たされることはないと思っていましたから」

「…………」

「仰りたいことは分かります。当初聞かされていた話では、最後に出てくる魔物は『キングベアー』という話だったのです」

キングベアーは名前の通りノーブルベアーの上位種にあたる。

ノーブルベアーと比べてもかなり強く、格上と戦うという意味では問題なく役目を果たしただろう。

もちろんディモダロスと比べてしまえば、月とスッポンだが。

……よくよく考えたら、王族が頂点に立つこのバルティモア王国で、魔物にキングってつけるのはどうなんだろう。

「しかし呼び出されたのは『氷竜ディモダロス』と呼称のつけられた正真正銘、本物の竜でした。本来であれば絶対に起きてはならないアクシデントです」

「……ああいった召喚魔法についてはあまり知識がないから分かりませんが」

「細かい説明は追々機会があればにしますが、そもそも魔物を召喚するのには相応のスキルと魔力消費が必要です。そして、あのようなドラゴンを召喚できるほどの能力が本試験の担当教員にあったかと言えば……一考の余地さえないでしょう。特に魔力消費の問題は、足りなければただ単に召喚魔法が不発に終わるだけですからね」

つまり、誰か第三者が仕組んだことと言いたいのだろう。

でも、なぜ？　あそこに襲われるだけの理由を持った誰かがいたってことか？

「事情については私の方で調査するつもりです。貴方は気にせずゆっくり休んでください」

「気にせずといっても……」

「見た所体調が優れない様子。魔力も枯渇しています。氷竜ディモダロスの突然の消失……他の教員達は事故で呼び出された結果、短時間で送還されたのだと結論付けていましたが、私はそうは思いません。直前に非常に強大な力の爆発を感じました。おそらく、あれは貴方が起こしたのでしょう？」

「いや、それは……」

「私に誤魔化す必要はありません。魔人と対峙し無事だったという事実もあります。貴方は非凡な力を持っている。その力で、多くの若き才能が守られました」

先生はそう言って、俺の頭に手を伸ばし——撫(な)でた。

「よく頑張りましたね」

「ぁ……」

それは初めて見る、先生の笑顔だった。

ほんの僅か、微笑(ほほえ)みにも満たないものだけれど……なんだか得した気分だ。

それから間もなく寮に到着し、自室のベッドに寝かされた。

先生からは「寝間着に着替えさせましょうか」とか、「子守歌でも歌いましょうか」などと提案されたが、さすがにそれは遠慮させていただいた。

先生が部屋から出て行った直後、体力の限界から俺はすぐに寝入ってしまうのだった。

第三話「クラスゼロ」

「やあ、おはよう！」

「……おはよう？」

翌朝、部屋から出た直後、昨日出会った男装女子のルミエに遭遇した。

いや、遭遇というか待ち構えられていたというべきか。

「ごめんね、驚かせちゃって。昨日、先生がキミをこの部屋に入れるのを見てたから」

「あー……」

「それで、ちゃんと話せてなかったなって。お礼とかもさ」

「別にいいのに」

律儀な奴だな、と思いつつ改めて全身を見る。

彼女は昨日と同じく男子用の制服を着ていた。近くでまじまじと見なければ、やはり美男子に見える。

「あはは……キミの前でこの格好するの、なんかちょっと恥ずかしくはあるんだけどね。

ボク的に、周りから女子だと思われていない方が色々都合がよくて」

「へぇ、なんか大変だな」

「まぁ、慣れてるから。それに今朝は鏡の前で『ボクは男、ボクは男』って念入りに言い聞かせてきたから大丈夫！」

何か深い事情があるようだけれど、俺は特に踏み込まず適当に相づちを打つ。

まぁ、彼女がその気になったら容姿だけで人を惹き付けそうだし……美人には美人の悩みがあるものだ。

「あ、そうだ。改めて自己紹介するね。ボクはルミエ・ウェザー」

「俺はジル・ハーストだ」

「よろしく、ジルくん。これも改めて……昨日はありがとう」

「だから、別に礼はいらないって。こちらこそよろしく」

そう言って手を差し出す——が、ルミエは一瞬手を伸ばしつつも、すぐに引っ込めてしまう。

「ん、どうした？」

「あ……いや、その……うちの家訓というか、その、握手とか人との必要以上の接触は避けるようにって言われてて」

「ごめんね、気を悪くしたよね……？」

「面倒な家訓はうちにもある。お互い様だ」

女性だと思われないようにしているというのもそれに関係しているのかもしれない。

昨日、アクシデントの最中とはいえ思い切り抱きしめ、うっかり口……ていうか歯をごっつんこさせてしまった……というのは胸にしまっておいた方が良さそうだ。

「とりあえず行こうぜ。ええと、本校舎前にクラス分けが張り出されるんだっけか」

「うん。お互い良い結果だといいね！」

「どうだろ……」

流れのまま、ルミエと並んで本校舎へ向かう。

出会ったばかりで共通の話題なんてそれほどなく、当然昨日の試験についての話になる。

「ルミエはどれくらい魔物を倒したんだ？」

「えーと……直接は少しかな。ボク、支援系の魔法が得意で、直接戦闘はあんまりだから」

「そっか」

「そう言うジルくんは？」

「俺は……そこそこだ。最初は他の新入生の熱量に圧(お)されて、全然動けなかった」

「あー……すごかったもんね。みんな目の色変えて」

「まぁ、景品が景品だからな」

王女とお近づきになれるかもしれないビッグチャンス。

俺も、もしもジル・ハーストに王女の護衛なんて設定がなかったら、一緒に攫(さら)われたときも大いに浮かれていただろう……色んな意味で。

「やっぱりジルくんも王女様のこと気になるの？」

「え？」

「別に変な意味じゃないよ？　ボクも遠目に見ただけだけど、すごく綺麗(きれい)だなって思うし。男子なら、みんなそう思うのかなって」

「どうだろ……みんなどっちかって言うと、王女っていう肩書きに目がくらんでる気がするけどな」

「肩書きか……そう考えたら王女様も窮屈そうだよね」

「まぁ、楽じゃないだろうな」

ルミエも興味は薄そうだけど、それでも自然と話題が向いてしまうくらい、セレイン第三王女という存在は大きい。

耳を澄ましてみれば、周囲を歩く生徒達の多くがその話題で持ちきりだ。

「あっ、クラス分けってあれじゃない？　すごい人だかりだねぇ……」

「本当だ。確認したならさっさと行けばいいのに」

殆ど生徒の頭で見えないが、張り出されている紙は四枚。上部にAからDクラスの表記がある。全部で四クラスか。

「ちなみに、Aクラスが最上位クラスらしいよ」

「じゃあ、そこに入っていないのを祈るばかりだな」

「え？　ジルくんはAクラス嫌なの？」

「面倒事が嫌いなんだ。ここを出てもキャリア——王国軍に入ったり、官僚になったりする気はないしな」

「冒険者志望なんだ」

「ルミエは？」

「ボクはまだ決めてないなぁ……卒業後なんてまだまだ先のことだし」

なんて雑談しつつ人気が減るのを待つが、全然動く気配がない。

というか前の方の連中はキョロキョロと辺りを見渡していて、まるで何かを待っているかのような……？

「おい、邪魔だどけ！」

「わっ」

急に背後から怒鳴られた。

細い声……と思いつつ振り返ると、声からイメージした通りの線の細い少年が立っていた。

ただ、その目つきは鋭く敵意というか、なんだかこちらを見下した雰囲気を感じさせる。

「どけと言っているんだ、平民風情が」

「あ……！」

少年の後ろに、見慣れた少女の姿が見えた。

セレイン・バルティモア。今まさに話題の中心となっていた第三王女様だ。

彼女は俺を見て、驚いたように目を丸くしていた。

「殿下、前が空きました。行きましょう」

「あ……」

セラの反応に気づいた様子もなく、少年は俺の肩を突き飛ばしつつ、掲示板の方へと歩く。

「っ……！　ジ――」

「ジルくん！　大丈夫⁉」

「ああ……」

なるほど、あれが取り巻きってやつか。一番前の少年以外にも何人かがセラを守るように取り囲んでいた。

苛立（いらだ）つとかそんなことよりも、感心してしまう。本当にいるんだな、ああいうの。

「ぁ……」

「殿下」

「……はい」

セラは俺に視線を向けつつ、取り巻きに連れられ前方へと向かう。

そしてさっきまで掲示板の前を占拠していた生徒達は、両サイドに割れていて――どうやら、みんなが待っていたのは彼女だったようだ。

「殿下、ありました。問題なくAクラスです」

「……そうですか」

セラは彼に相づちを打つが、変わらずクラス表を眺めていた。

Aだけでなく、B、C、Dと。

「しかし、わざわざ殿下ご自身が来られなくても良かったと思いますが」

貴族生徒がそう言うのは、セラが王女だからだ。

王女なら問題も間違いもなくＡクラス。それは誰もが理解し、納得している。

セラ本人とてそれは分かっているだろう。事実、Ａクラスに配属されているのだから謙遜も意味を持たない。

それでもわざわざ、ここに姿を現したのは……。

「…………」

セラが僅かに振り返り、俺へと視線を向ける。

「殿下？」

「……いえ、なんでもありません」

「では、教室の方へと向かいましょう」

「分かりました」

貴族生徒は、この場にいる俺達野次馬に鬱陶しそうな視線を飛ばしつつ、セラを誘導する。

まるでボディガードだ。実際そうやって恩を売りつつ良い関係を築こうとしているんだろうけれど。

そうしてセラ達が去って行った。

ほんの僅かな時間だったが、なんというか、不思議と緊張感のある一幕だったな。

「うわぁ……なんか、びっくりだね……」

隣でルミエがそう感想を漏らす。他の生徒達もそれぞれに先ほどの第三王女に対する感想を口にしていた。

そして、目的が済んだとばかりに新入生達が散っていく。これでようやくクラス分けが確認できそうだ。

「ようやく前が空いたな。見に行こうぜ」

「あ……うん。なんか、意外とドライだね」

「そうか？」

「あたし――じゃなくて、ボク、息が詰まりそうだったよ。王女殿下、近くで見ると迫力あるっていうか……」

「迫力？」

言われてみれば、どことなく淡々と、感情を押し殺していた感じがしたかも……それこそ、ゲームで見た彼女、周囲に壁を作っていたセレイン・バルティモアのような……。

（とはいえ、ちょっと無理してる感じもあったけれど）

先に素の彼女を見てしまったせいか、どこか背伸びをしている印象を受けてしまう。

まぁ、ルミエや他の連中の反応を見ていれば、殆ど粗探しみたいなものだろうけど。

「実はボク、上位のクラスだったらいいなぁって思ってたんだけど……撤回するよ。あの王女様、たまに見かける分には憧れていられそうだけどさ。ずっと同じ教室にいたら息が詰まって仕方なくなっちゃいそうだし」

「取り巻き連中も鬱陶しそうだしな」

「あはは、ジルくん突き飛ばされちゃってたね」

「ああ。貴重な体験をさせてもらった」

こんな皮肉、さっきの彼らが聞いていたら激高しそうだな。ああいう貴族の子どもは短気と相場が決まっているのである。

「じゃあルミエの第一志望はBクラスってところか」

「うん……ああでも、せっかく知り合えたんだもん。ジルくんと一緒がいいなぁ」

「そりゃあ嬉しい……って、事情を知ってる奴が身近にいた方が楽って意味じゃないよな？」

「いやぁ、そんなこと……ちょびっとしか思ってないよ。えへへ」

そう、愛嬌のある笑顔で誤魔化そうとするルミエ。

もちろん軽いフォローくらいなら喜んでするけどな。

「えーっと、その肝心のクラスは……」

クラス分けを眺め、自分の名前を探す。

一応Aクラスから……うん、ない。

「そういえば王女殿下、Aクラス以外もじっくり確認してたよね？」

「あー……誰か気になる奴がいたのかもな」

彼女が誰を探していたのか、自意識過剰かもしれないけれど、たぶん俺のことだろう。

そして非常に残念なことに、俺はAクラスに選ばれず、彼女の期待には応えられなかった。残念。実に残念。

「っと、Bは……ない。C……も、ない……？」

さすがに最上位クラスに選ばれるためには氷竜ディモダロスを倒した功績が俺のものであると認められる以外ないと思っていたし、Aクラスに名前がなかった時点でバレてないとホッともしたが……まさか、BにもCにも選ばれないほど評価されていないとは逆に思ってなかった。

多少なりともラーフバット、そしてノーブルベアーを狩っていたわけだし……。

「……あれ？」

「ルミエ、その、なんだ……残念だったな、お互いに」

AからCまでクラス分けを見ていく中で、俺の名前と同様にルミエ・ウェザーの名前も見つけられなかった。

二人揃って(そろ)Dクラス。俺はともかく、上に行けたらいいと言っていた彼女に対しては気を遣わずにはいられない。

「まぁ、Dクラススタートっていったって、今後どうなるか分からないさ。クラス替えはたしか毎年あるんだろ？」

「ううん……」

「あれ、違った？　でも俺が聞いたのは――」

「そうじゃなくて……ジルくん、Dクラスのもちゃんと見て」

「ん……？」

言われるまでもなく、Dクラスだろう。

だって他のどこにも名前がなかったんだから…………え？

「名前が、ない」

「うん、あたしも」

彼女も動揺しているんだろう、一人称が女性のものになってしまっている。

「AからDまで……何度見たって名前がないんだよ！」

「名簿から漏れてるってことは……」

「あっ、その可能性はあるかも！　でも、ちょうどあたし達二人揃ってなんて……なんか、できすぎじゃない？　他の人達は名前ないなんて騒いでないし……」

「そうだよな……」

ルミエの言う通りだ。偶然より、作為的と言われた方が納得できる。

だとしても、なんで俺達が……ん？

「ルミエ、端の方になにか別の貼り紙がある」

「え？　あ、本当だ……」

掲示板の余白に、とってつけたような小さなメモ書きが貼られていた。

そこに書かれていたのは……。

「『いずれのクラスにも名前が記載されていない生徒は、第十二研究室に来ること』……」

「ジルくん、これって……あたし達のこと？」

「……かもな」

急に雲行きが怪しくなってきた。

この世界に印刷技術はないが、代わりに印字ができる魔法、およびその効果を誰しもが使える魔道具が広く普及している。

張り出されたクラス分けの名前も全て魔法で印字されていると分かるが……このメモ書きに関しては、精緻ながら僅かにインクの掠れた跡があり、手書きのものだと分かる。

そして、この綺麗すぎる感じが……他に交流がないからというのもあるが、一人の人物を想起させた。

「とりあえず、行ってみるか……第十二研究室とやらに」

「そうだね」

他に選択肢もない。

俺達は、教室のある本校舎に入っていく生徒達を尻目に、二人だけで研究室が集まった研究棟に向かって歩き出した。

◇◇◇

「ようこそ、ジルさん。ルミエさん」

「やっぱり……」

第十二研究室に辿り着いた俺達を迎え入れたのは……やっぱり、リスタ先生だった。

「腐れ縁という言葉を早くも使いたくなりました」

「それは光栄です」

「皮肉で言ってるんですよ……」

相変わらず何を考えているか読めないな、この人。

「あの……リスタ先生？」

「はい。家名は既に捨てた身です。リスタでも、先生でも教官でも、好きなように呼んでください」

「わ、わかりました。それで、ええと……どうしてボク達の名前がクラス分けになかったんでしょうか」

「ええ、その説明をしなければなりませんね……ですが、その前にあと一人待たねばなりません」

「クラス分けに名前がない新入生が、俺とルミエ以外にもいるってことですか」

「ええ、全部で三人」

なんだか嫌な感じだ。

クラス分けからハブられるなんて特別扱い……あまり良い理由は浮かばない。

「なんて話している間に、来ましたね」

先生の言う通り、廊下の方からズンズンと大きな足音が聞こえてきた。

なんだかこの感じ初めてじゃない……っていうか、この足音は……。

――バンッ！

勢いよくドアが開く。

そして現れたのは……昨日試験で見かけた大男だった。

「ここが第十二研究室か」

「ええ。ようこそ、レオン・ヴァーサクさん」

「チッ……」

（あ……あの大男だ）

クラス分け試験でも妙に目立っていたから当然覚えている。

レオンと呼ばれた男は、苛立った様子ながら悪態をぶちまけることなく近くにあったイスにどかっと座った。

「これで全員揃いましたね」

俺、ルミエ、そしてレオン。

奇しくもあの氷竜と相対した三人だ。

「それで、わざわざこんなところに呼び出した理由はなんだ」

「そうですね、単刀直入に言いましょう。みなさんはAからD、全てのクラスから所属を認められませんでした」

「……んだと？」

レオンが明らかな怒気を放ち、ルミエがショックを受けたみたいに顔を青くする。

そんな二人を観察しつつ俺は……いまいちどうリアクションすればいいのか分からず黙っていた。

「決して悪い意味ではありません。それぞれが秀でた才能を持っている……それこそ、他者が望んでも手に入れられない才能を」

「だったらAでいいだろうがよ。あそこが一番優秀ってことなんだろ？」

「レオンさんはAクラスを目指されていたんですか」

「こんなメンドくさそうな場所にわざわざ来たのは強くなるためだ。Aが一番強ぇ奴が集まるところなら、そこを目指すのは当然だろうが」

レオンはそう言いつつ、俺達を見る。

「ましてや、こんなモヤシ共と同じ扱いされて、納得いくわけねぇだろ」

「モヤシ……？」

通じていないのかルミエが首を傾げる。

まぁ、俺もルミエもレオンと比べられたら確かにモヤシみたいな痩せっぽちかもしれないな。

「んだよ、何か文句でもあんのか？」

「別に」

「つーかテメェ……昨日あのドラゴンの前でちょろちょろしてた奴だな？」

ちらっと見られただけで因縁つけるなんて、どこぞのチンピラかよ。

とはいえ引くのも馬鹿馬鹿しいし……なによりちょっと興味がある。

強くなるという目的で王立学院に来て、何よりドラゴンを前に引くことなく立ち向かった男……きっとこいつは口先だけじゃない。

「ちょ、ちょっとレオンくん……!?」

「なんだテメェ。女みたいな顔しやがって、邪魔すんじゃねぇよ」

「か、顔は関係ないでしょ!? ボクはルミエ、彼はジル！　ボクらもキミと同じで何も分からずここに呼ばれて……とにかく先生の話を聞こうよ！」

「先生だぁ……？」

「はい、私が貴方達の担任教師となるリスタです。家名は既に捨てた身です。リスタでも、先生でも教官でも、好きなように呼んでください」

さっきの言い方が気に入ったのか、全く同じように繰り返すリスタ先生。

そしてレオンは、訝しげにじろじろと先生の全身を観察する。

「このちんまいのが、本当に教師だと？」

「ええ、確かに『リスタちゃんはいつまでも若々しいね』とよく言われます」

「あ、あの……担任っておっしゃってましたけど」

「はい。みなさんはこれから、既存の四クラスから独立した五つ目のクラス……クラスゼロに所属していただきます」

「クラスゼロ……？」

ＡＢＣＤとアルファベットで来ていたところから、突然の０(ゼロ)……なんか、いかにも特別って感じだ。

もしかしたら、Ｄからずっと間を空けた、Ｚってことかもしれない。

「表向きにはどのクラスに所属する力もない生徒達の掃きだめなんて思われるかもしれませんが」

「オレが落ちこぼれだって言いてぇのか⁉」

「ちょっと⁉」

レオンがリスタ先生の襟首を摑(つか)み上げる。

教師に対してあまりに不敬な行動に、ルミエが咎(とが)めるように声をあげたが――リスタ先生は変わらず涼しい顔をしている。

「事実、貴方達の才能は既存の枠組みの中では伸ばせません。そして、そういった特異な存在は、時として周囲に悪影響を与える。心当たりがある人もいるでしょう」

「っ……」

一瞬、ルミエの表情が歪んだ。彼女には心当たりがあるらしい。

わざわざ男装をして性別を隠す理由もそこにあるのかもしれない。

「しかし、この国の……いいえ、この世界の未来を思えばこそ、才能を無為に捨て置くわけにもいきません。なので、私がみなさんを適切に導きましょう」

「あぁ？」

どこか上からな発言はレオンを余計に苛立たせる。

一触即発な雰囲気に、俺もルミエもただ黙って見守るしかない。

「レオンさん、貴方もすぐに、Ａクラスよりこのクラスゼロにいる方が有益だと理解できると思いますよ」

「あぁ？」

「そうですね、私がそれを示してもいいですが……ここは彼に任せましょう」

彼？

そう思った瞬間、ふわりと体が浮かび上がった。

「ジルくん⁉」

「な、なんだ……⁉」

ルミエの俺を呼ぶ声が、一瞬で遠くに離れていく。

同時に景色がぐわんと回転し、歪んで……。

（これは……転移魔法⁉）

僅か一瞬にして、世界が塗り変わる。

どこか窮屈な雰囲気の研究室から、一瞬にして広々とした、太陽の光が降り注ぐ平原へと飛ばされていた。

「う……⁉　ここは……！」

『貴方達がいるのは「桃源（とうげん）の箱庭」と呼ばれる魔道具の中です』

「桃源の箱庭……」

聞いたことがない。ゲームでは語られなかったものか。

『そこは私の魔力で生成した異空間です。なので、ある意味では、先ほどまでいた研究室から移動したわけではありません』

「ふざけんな！　ここから出せ‼」

俺とは別にレオンが叫ぶ。

ここに飛ばされたのは俺とレオンの二人だけ。それだけで展開も読めてくるけれど。

『もちろん出しますよ。ですがその前に……これからクラスを共にする新入生同士、力比べなんていかがでしょうか』

「あぁ⁉」

『桃源の箱庭の中ではどれほど暴れても周囲に影響を及ぼしません。なので……全力で戦うにはうってつけかと』

空間全体に響く先生の声は、あの無表情が見えないからだろうか、普段より余計に煽っているように感じさせる。

やっぱり、この場に飛ばされた俺とレオン――この二人で戦えということらしい。俺、完全なとばっちりじゃないか？

「チッ……くだらねぇ。オレにこのモヤシ野郎をボコらせようって話か」

『まぁ、身も蓋もなく言えばその通りですね。しかし、そう上手くいくでしょうか』

「あぁ？」

『ジルさんは、あのドラゴン――氷竜ディモダロスを倒した人物その人ですよ』

「は？」

『えっ⁉』

レオンと、そしてリスタ先生と同じく〝外〟からルミエの驚いた声がした。

……まさか、こうもあっさりバラしてくれるなんて。

『お二人は、ドラゴンが何の前触れもなく突然消えたと思っているでしょう。しかし、それを成したのはジルさんです。凄まじく強大……としか言えない力で跡形もなく消滅させたのです』

『ほ、本当なの、ジルくん⁉』

「いやぁ……ええと……」

『ああ、ちなみにこのことは教員含め殆どの人間が認識していないので、みなさんの胸の内だけに留めておいてください。当の本人であるジルさんも、それを望んでいるようですので』

その気遣い、できれば彼らに暴露する前にしてくれてれば良かったのに。

当然、ルミエもレオンもすんなり信じたわけじゃないだろうけれど、俺への疑心は抱いてしまった。

そしてこの手の疑いは、肯定以外では中々晴らせないと相場が決まっている。

悪魔の証明。肯定するならただ力を示すだけでいいが、否定するならあらゆる可能性を潰していかなければならない。

もしもこの場で負けたとしても「手を抜いた」と思われれば、余計に疑心を深めることになる。

『レオンさん。強くなりたいと願うのなら、ジルさんと立ち合うことで得られるものはきっと多いでしょう。もちろん、ジルさんにとっても』

俺の事情は完全無視で話が進んでいく。

まぁ……別にいいか。俺もレオンの実力は気になっていたし。

それにクラスゼロなんて特別扱いは、たとえ厚遇でもあまり嬉しくはないが、セラとの接点が減ることは間違いない。

「……分かりました」

割り切ろう。ネガティブばかりでは気持ちが保たない。

物事の悪い面だけでなく、良い面も受け入れていかなくちゃ。

「お前はどうする？　やらないなら……降参してくれれば、俺の勝ちってことで片が付きそうだけど？」

「あぁ？」

ギロリ、と睨みつけてくるレオン。

前世だと絶対に関わり合いになりたくなかったタイプだ。今生だと……どうだろう。

『それでは共にやる気になっていただけたようですので、ルールを設定しましょう』

その言葉と共に、目の前に様々な武器が浮かび上がる。

剣や槍、斧、弓……すべて鉄製で、刃が潰された模擬戦用の武器だ。

『どうぞ、好きなものを手にとってください。「桃源の箱庭」では、致死量の血を流しても死ぬことはありませんが、今回は学院のルールに従って殺傷力の低い武器を使用してもらいます』

刀は……ないな。

先生は俺の得物を知っているし用意もできそうなものだけれど、話の感じからおそらく学院の用意する武器の中にはないんだろう。

とりあえず一番取り回しの似た、片手剣を手に取る。

『学院における生徒同士の模擬戦のルールですが、敗北条件は大きく三つ。気絶などによって戦闘継続が不可と判断された場合、武器を破壊された場合、そして付与された耐魔の加護がなくなった場合です』

「んだよ、耐魔の加護って」

『大まかに説明しますと、魔法攻撃に耐性のある支援魔法です』

加護は魔法の殺傷力を抑えるための措置らしい。この加護を受けている間は魔法によるダメージをある程度加護が肩代わりしてくれるという。

ただ、上限値が対象者の魔力量に応じて設定されるらしく、魔法ダメージを受けるか、また自身が魔法を使うことで消費されていく――なんかHPを思わせるシステムだな。魔法限定だが。

まぁ、刃を潰せる武器と違って魔法の殺傷力を抑えるのは簡単じゃないし、これがなければ魔法一強になりそうなので、バランスは取れていると思う。

先ほどの敗北条件から考えれば勝利条件は、『相手を戦闘不能に追い込む』、『相手の武器を破壊する』、『相手の加護を削りきる』となる。

俺は攻撃魔法が得意じゃないので、必然的に前二つを狙っていくことになるな。

「なんだっていい。要は相手をボコボコにしてやりゃあいいってことだろうがよ」

そう自信満々に言うレオンは筋肉で膨れ上がった大男。気絶に追い込むのは中々骨が折れそうだ。

そして、選んだ武器はディモダロスと対峙していたときに持っていたのと似た大斧。武器破壊も俺の選んだ片手剣ではやや分が悪そうだ。

(ぱっと見はこちらが明らかに不利……まぁ、始まってみないと分からないか)

そういう分かりやすい部分だけで全てが決まるほど、この世界は易しくも公平性に満ちてもいない。

アップデートでバランス調整してくれる神様なんか存在しないのだ。

『それではお二人とも、準備はいいですか』

「はい」

「ああ……！」

俺達はそれぞれ返事をしつつ、ある程度の距離を取ってそれぞれの武器を構える。

『それでは始め』

淡々とした合図と共に、初めての模擬戦が始まった。

◇◇◇

「ジルくん……」

「心配ですか」

第十二研究室では、リスタの魔法によって『桃源の箱庭』内の映像がスクリーンに映し出されていた。

ジルとレオン、二人の模擬戦を固唾をのんで見守るルミエに、リスタが気遣うように声を掛けた。

「心配というか……いえ、やっぱり心配です。だって、ジルくんは体格的にも不利ですし」

「ルミエさんは、ジルさんのことがお好きなのですね」

「ふぇっ!?」

突然すぎる指摘に、ルミエはつい顔を真っ赤にしてしまう。

「そ、そんなんじゃないですよ!?」

「今は中へも聞こえていません。別に隠す必要なんかありませんよ。私は貴女が女性だと知っているわけですし」

「い、いや、だからって……じゃなくて! 別に何もありませんからっ! ジルくんは友達で、その、恩人でもあって……だから、心配してるってだけです!」

「それは残念。せっかく若者と接点の多い教師という立場になったので、『恋バナ』というものに花を咲かせてみたかったのですが」

「なんですか、その下心!?」

「では、恋バナはもう一人の方と楽しむこととしましょうか」

「もう一人……?」

ルミエが首を傾げたのと同時に、第十二研究室のドアが控えめに三回ノックされた。

「どうぞ」

突然の来客に戸惑うことなく招き入れるリスタ。

そして、ドアが開き、入ってきたのは……。

「失礼します……！」

「えええっ⁉」

ルミエが来客を見て素っ頓狂な声を上げる。

そこにいたのは今朝本校舎の前で見かけたばかりの、今この場にいる筈のない銀色の髪の美少女だった。

「王女様……⁉」

「あの……ジルはここにいませんでしょうか」

「え、ジルくん？」

彼女の口から出た名前に、ルミエは思わず目を丸くする。

「ジルさんならあそこですよ、セレインさん」

「あ……リスタ先生。あそこって——あっ、ジル！」

スクリーンに映ったジルの姿を見て、セレインは頬を綻ばす。

しかし、戦闘中という状況に気が付くと一転、心配げに眉をひそめた。

「セレインさんはどうしてここに？」

「その、今朝ジルを見かけたときに具合が悪そうだったので心配で……クラス分けに名前もなかったですし、ここに来ているのかなと思ったんです」

「ふむ。そうですか」

「あの－……」

「あっ！　貴女は先ほどジルと一緒にいた……！」

「ルミエといいます。ジルくんとは……一応、友達みたいな感じで」

「ルミエさんですね……！　私はセレインと申します！」

「もちろん存じてますよ⁉」

　そう即答するルミエだったが、言った後から本当に彼女はセレイン・バルティモアなのかと疑いたくなってしまう。

　なぜなら、今朝本校舎前で見かけた彼女と今目の前にいる彼女――容姿は同じなのに、醸し出す雰囲気が全く異なるからだ。

「ええと、不躾ながら、王女様はジルくんとどういったご関係で……？」

「ジルとは友達……になれたらいいなって。その、私、友達ってできたことないので……すみません」

「え⁉　いや、謝らないでください！」

セレインのことがよく分からないルミエではあるが、頭を下げられれば当然慌てる。

雰囲気が変わろうが、彼女が王女であることに変わりはないのだから。

(もしかして影武者とか……いやいや、今朝見かけたって言ってたし！　うーっ、ジルくんなんで何も言ってくれないのさーっ‼)

「それにしてもセレインさん。貴女はＡクラスの所属の筈。あちらはどうしたのですか」

「あ……そのぉ……」

「まさか、誰にも言わずにここへ？」

「……はい」

そう、観念したように頷くセレイン。

そんな彼女を見つつ、ルミエは「もしかしたら彼女は逃げてきたんじゃないか」と仮説を立てる。

本校舎前で見たセレインは心が凍りついているのではと思ってしまうほどに無感情だった。

それが周囲に心を閉ざした彼女の姿で、そんな彼女の拠り所がジルだけだとしたら……。

(いやいや、考えすぎ。ジルくん何者だよっ！　って話だし)

ルミエは考えるのを放棄した。

そもそも彼女にとって、セレインだけでなくジルも謎に満ちた相手なのだ。

「仕方ありませんね。私の方で上手いこと処理しておきましょう。Ａクラスの担任は確か、ハールビットさんでしたか」

「すみません……」

「ま、ハールビットさんからは私、嫌われているんですけどね」

「えっ⁉」

「でも問題ありませんよ。彼に人事権はありませんから私をこの学院から追い出すことはできません。それに、既に嫌われているのであれば、これから更に嫌われようと同じでしょう?」

「なるほど、そういうものなんですね……!」

（なんか心配になっちゃうな、この王女様……）

あまりに純粋なリアクションに、つい苦笑するルミエ。

そんなどこか弛緩した空気に満たされていた研究室内だったが、

「お二人とも、注目を。どうやら戦況が動きそうですよ」

「――っ‼」

リスタの言葉を受け、二人とも緊張した表情をスクリーンに向けるのだった。

◇◇◇

（こいつ、やるなぁ……）

レオンとの模擬戦が始まり何分経ったか。

現在に至るまで、俺はそこそこに苦戦を強いられていた。

そもそもとして、このレオンという男……かなり強い。

筋肉で膨れ上がった体は見かけ倒しではなく、力強さと同時に強固な鎧となっている。

何度かこの模擬剣を当てるチャンスもあったが、中途半端な一撃では軽々と弾かれてしまう。

「オラオラぁ！　ぼけっとしてんじゃねぇぞッ‼」

「くっ……！」

力任せに叩きつけられた大斧を後ろに跳んで躱す。

こいつ、パワーファイターのくせに速いんだよな……⁉

大斧を軽々と振り回し、だからといってアジリティを犠牲にしちゃいない。

強く、疾く、さらにはどこか野性味を感じさせる——まるで獅子のような男だ。

「おうおう、逃げ足だけはいっちょ前だなぁ？」

「この……！」

安い挑発だが、調子よく乗ってやるわけにもいかない。

というのも、

（あー……目が回ってきた……気持ち悪ぅ……）

昨日の極光一閃（きょっこういっせん）の揺り返しが、ここにきてピークに達していたのだ。

あれはまだ不完全な技で、使えば二日酔い的に反動に襲われてしまう。

今朝も相変わらず最悪な気分に包まれていたが、早々にルミエと合流して以来、意地と見栄（みえ）で抑え込んでいた。

おかげで誰にも不調は察されていないと思うけれど……ディモダロスを倒したとバラされてしまった以上、なんとか隠し通さないと。

大技にデメリットがついて回るなんて、たとえ同級生相手であっても知られて得はないのだから。

「オイオイ！　息が上がってんぜェ！」

ぶんっと、振るわれた大斧が鼻先を通り過ぎる。

もちろん見切った上での紙一重だが、余裕が奪われているのも確かだ。

レオンの体力に限界は見えない——ていうか、確実に俺の方が先に尽きる。

体格は向こうが上。多分純粋な力比べも向こうが上。

（……だからなんだ。俺を誰だと思っている。俺は——ジル・ハーストだ！）

運命を知ってから今日まで積み重ねてきた全てが、確信させる。

たとえポテンシャルで上回られていたって、これっぽっちも負ける気がしない。

（武器の破壊も敗北条件だったな……まともに打ち合えばこっちが先にぶっ壊れる。それなら……！）

俺は剣を腰のベルトに差し、レオンに突っ込む。

「ぬうっ⁉」

「懐（ふところ）に入れば、そう気持ちよく振れないだろ！」

体格差、力の差……それらがハッキリ影響する、超近接戦に俺はあえて勝負を懸けた。

「ステゴロか！　面白（おもしれ）ぇ‼」

（反応が早い！）

レオンは俺の動きを見て、すぐさま応戦——取り回しの悪い大斧を投げ捨て、先制で振り抜いた拳をガードした。

この判断力、目を見張るものがある。

けれど……！

「はあああああっ‼」

「なっ、んぐっ⁉　コイツ……⁉」

俺は一切手を緩めず、ノーガードで攻め続ける。

殴りと蹴りを組み合わせ、ガードでできた僅かな隙を狙い続ける。

レオンは最初こそ追いついてきていたが、

「ぐ、がぁ⁉　速い……⁉」

徐々に遅れ出す。

確かにレオンは速い。体格の割にという枕詞を付けずとも、十分なくらい。

けれど――それは俺と比べなければの話。

「こちとら速さが持ち味なんでね！」

「ぐうっ⁉」

ガードをかいくぐり、拳を脇腹へもろにぶち込む。

このままいけば、じわじわとノックアウトまで追い込めるだろうか――いや、それまで

こっちが保つ確信はない。

早々に大斧を投げ捨てたレオンに対し、俺は剣を腰に差したままだ。

どこか大きな隙を作って、トドメの一撃を差し込む……言葉にすれば実にシンプルだ。

(問題はこの男、全然怯まない……!)

もう何発かいいのは決まっている筈だ。反撃を窺うチャンスさえ与えていない。

レオンにとっては大きなストレスだろう。こうも一方的に殴られていれば、痺れを切らして無理にでも反撃を試みてもおかしくない。

なのに……短気そうなイメージだったこいつは、辛抱強く攻撃に耐え続けている。

たとえガードを外した攻撃を受けようとも、このまま耐え続けていれば俺の方が音を上げると踏んでいるのだろうか。

「ぐ……ウゥ……‼」

(いや……違う……?)

嫌な予感に、全身に鳥肌が走る。

これまでに何度か味わったことのある、予期せぬ脅威が訪れる前兆。

樹海の深奥で凶悪な魔物と対峙したときと似た、この感じは……⁉

「ウオオオオオオッ!!!」

「ぐうっ⁉」

突然レオンが激しく咆吼し――俺は何か目に見えないとてつもない力によって吹っ飛ば

されていた。

（これって……⁉）

ジル・ハーストとして積み上げてきた経験からのものとは違う、前世で得た知識。

視認できるほどに、全身から赤いオーラが噴き出した、この状態は……！

「まさか、『レイジバースト』……⁉」

「ハ、ハハハ……！　何だこれは……全身から力が溢れてきやがるッ‼」

レオン自身、自分に何が起きているのか分かっていないみたいだが……しかし、奴は知らずとも、すぐにその力を理解したようだった。

「さっきは随分一方的にやってくれたじゃあねぇか！　たっぷり仕返しさせてもらうぜェ‼」

「っ……！」

レオンは一瞬で距離を詰め、拳を振りかぶってくる。

その速さは先ほどとは比べものにならない！

「ぐ、ううっ⁉」

咄嗟に腕を盾にして受けるが、それでも凄まじい衝撃が襲ってきた。

まともに喰らえば――いや、ガード一つ受け方を間違えば腕をへし折られるだろう。

なんて考えている間にも、レオンは追撃とばかりに再度拳を振るってくる。

「っ――」

迷ってる余裕はない。

俺は咄嗟に腰に差していた剣を引き抜き、盾代わりに構える。

そして、インパクトの瞬間――衝撃を殺すように、後方へと跳んだ。

「よし……！」

「なっ……器用なことするじゃねぇか！」

レオンのパワーを利用して、あえて逆らわず吹っ飛ばされることで一気に距離を取ることに成功した。

これで一旦追撃は来ない……けれど、これは一時凌ぎにすぎない。

俺も近接戦闘が主体だ。反撃するには距離を詰める必要がある――とはいえ、そう簡単にもいかないだろう。

レイジバーストは、ゲーム『ヴァリアブレイド』に存在したバトルシステムの一つ。

特殊なゲージを消費することで一時的に発動者の能力を上げるというものだ。

具体的には攻撃力と移動速度を二倍に、防御力を三倍に。さらには技や魔法使用時の消費MPやクールタイムをカット、そして攻撃を受けても怯まない、通称『スーパーアーマー』状態となる。

また、レイジバースト発動時には全身からオーラが噴き出し、敵を強制的に吹っ飛ばすことで、受けていたコンボ攻撃を強制的に中断させることができる。さっき俺が喰らったやつだ。

（にしたって……レオンがレイジバーストを使うなんて）

レイジバーストは、俺も何度も挑戦して、しかし今日に至るまで一度だって発動できなかった技だ。もはやこの世界には存在しないのではないかと疑いさえしていた。

そもそもゲームでも、主人公らパーティーメンバーと、ストーリーに大きく関わるようなほんの一握りのネームドエネミーしか使用できなかった。

そんな選ばれた者だけが踏み入れられる領域に、同い年のあいつが到達するなんて。

（嫉妬……いや、それよりも感謝だな）

モヤッとしたのはほんの一瞬だけ。今はそれ以上に嬉しい気分だ。

この世界にもレイジバーストが存在した。

ゲームで体験した、敵に突っ込んでレイジバーストを発動して無双する爽快感――リアルはそんなに綺麗なものじゃないと分かっているけれど、それでもはっきりとした目標が見えた気がした。

「おい、逃げるつもりか？　さっきみたいに威勢よく掛かってこいよ」

レオンが挑発を飛ばしてくる。

レイジバーストの発動時間はそう長くない。逃げ続けていれば奴の優位は失われるが

――それじゃあ、お互い面白くないよな。

「いいや、やるさ」

アドレナリンが出てるからだろうか、気持ちの悪さもすっかり気にならなくなった。

得物が貧弱なのは気になるが、それはアイツも同じだ。まぁ、大斧(おおおの)は捨てたまま拾い上げる気配はないが。

「いくぞ……！」

悠々と構えるレオンは、自分の今の状態に時間制限があることにはおそらく気が付いていない。

なら、レイジバーストが切れる前に、俺から突っ込む！

「はあああっ‼」

「うぉらっ‼」

大ぶりに剣を振るう……と見せかけ、迎撃しようと振るわれた拳をスライディングで躱(かわ)す。これで背後を取った……！

「っ！　これでこっちが遅れるのかよ!?」

完全に不意をつく動きだった筈なのに、こちらが斬りかかろうとした時にはもう向こうからの反撃が伸びてきていた。

かろうじて躱したが……驚くべきはその対応力だ。俺へのじゃなく、レイジバーストに対して。

普通、いきなり自分の力や速さが二倍になったら頭が追いつかない。ゲームで自キャラを操る時、慣れない頃はひたすらレバガチャで誤魔化してたのを思い出す。

けれどレオンは自分でも想定していなかった力を発揮した上で、力に振り回されることなく、すぐに自身の体を、手に入れた超感覚を完璧に操ってみせている。

「どうした！　小細工は終わりかぁ!?」

「くっそ……！」

今度はさっきと立場が入れ替わり、レオンの猛攻に俺は防戦一方にならざるをえない。

しかも、速度が上がったおかげでもはや見切りなんか通用せず、ほとんど勘任せの読みに頼り、避けきれない攻撃は剣を盾代わりに強引にいなす。

「ぐ……うっ……！」

「遅え!!」

「オラオラオラァ‼」

受け流しきれない分のダメージが容赦なく襲いかかってくる。

呼吸もままならず、酸欠のように頭がズキズキ痛む。

「くそ……なんだコイツ⁉　動きが……！」

けれど、不思議だ。なんだか周りがスローに感じる。

まだ奴のオーラは引いていない……変わっていっているのは俺の方だ。

（もしかしたら、また『ジル・ハースト』が……？）

まだ体は乗っ取られていないけれど、サルヴァやディモダロスとの戦いで得た経験から、それに近いものを感じる。

でも、これは命を懸けた殺し合いじゃない。

アレが出張ってくる必要性はないように思えるけれど……。

（いや、これはチャンスか。もしもあの力を俺のものにできたなら……）

『ジル・ハースト』の持つ圧倒的な力。

もしもあれを自在に、自由に発動できるようになれば、それこそレイジバースト並みに心強いことこの上ない。

発動のトリガーは追い込まれること……いや、もう既に二回経験しているんだ。

あれこれ考えず、その時の感覚へ俺自身から寄せていけばいい……。

「こ、のぉ……！」

思うように追い込めず、レオンが苛立ちを露わにする。

俺はそんなレオンの攻撃を、剣を盾にすることもなく、紙一重で躱し続ける。

これまでにない力を手に入れ、しかしそれでも押し切れないのは相当なストレスだろう。

苛立ちによって精細さを欠いた拳であれば、その僅かな予兆から十分読み切れる。

けれど、それは守りに徹しているからだ。反撃の隙までは与えてくれていない。

今は、まだ……。

「喰らえッ‼」

（きた……！）

レオンの苛立ちは最高潮に至り、決着を急いだ彼は大ぶりの攻撃を準備する。

これは彼の焦りの証だ。焦りは大きな隙を生む。

（今なら！）

レオンが俺を叩き潰そうと両手を組み、振り上げる。

その予備動作を見据えつつ、俺はあの感覚——『ジル・ハースト』を呼び起こす。

（体から意識が離れていく感じ……！　これならっ！）

　──バギィッ‼

「「っ⁉」」

　それは突然に起きた。

　何の予兆もなく、突然……俺の持つ片手剣、その刃が粉々に砕け散ったのだ。

「「…………」」

　呆然とする俺とレオン。

　俺が掴みかけていたあの感覚は跡形もなく消え去り、レオンを包んでいた赤いオーラも消え失せた。

　同時に場を包んでいた熱も急激に冷めていき……虚しい沈黙が場を包む。

『勝負あり、ですね』

　リスタ先生の声が響き渡ると同時に、景色がぐるっと変化し──気が付けば、先ほどの研究室に戻っていた。

「ジルっ！」

「ジルくん！」

　息を吐く間もなく、俺を呼ぶ声が──二つ？

「え……セラ？　なんでここに……」

「大丈夫ですか？　怪我とかしていませんか⁉」

「いや、なんで——」

「ああ、ここ痣になってます！　ここも……ここも！」

セラは話を聞かず、ベタベタ体を触ってくる。

説明を求めてルミエを見ても、なんか呆気にとられて固まってるし……いったい俺とレオンが戦っている間に何が起きていたんだ。

「レオンさんとジルさんの模擬戦は、ジルさんの武器が破壊されたことにより、レオンさんの勝利ですね」

「「……………」」

負けた。しかも、拍子抜けな結果で。

武器の耐久度にはそれなりに気を遣っていたつもりだった。レオンの猛攻を捌いていたとはいえ、あんなタイミングでぶっ壊れるなんて思ってもいなかった。

それこそ、何か外的要因でもなければ。

（外的、要因……）

手を加えられるとしたらリスタ先生だけだけど、彼女がそんな水を差すメリットはないだろう。

それに……。

（……いや、なんであれ負けは負けだ。まさか同級生に黒星をもらうことになるなんて思ってもいなかったけれど）

ジル・ハーストが最強だという設定に胡座（あぐら）を掻（か）いていたつもりはないが、それでも同年代に負けてしまうと情けない気分にさせられる。

いやまぁ、最強なんて言ったって生涯無敗だったとは限らないし――

――テメェが未（いま）だに、アイツを最強なんて神聖視している内は脅威でも何でもねぇ。

「……!?」

頭に、声が響いた。いや、思い出している……この声、セリフは。

「ジル？」

――セラ、彼は何者なんだ？　君を知っているようだったけれど。

――……彼はビーストキング。かつて、私の護衛と引き分けたこともある実力者です。

どこか懐（なつ）かしく遠い男女のやりとりが頭の中で再生される。

これは……？

「ジル！　ジルったら！」

「え……あ……」

「どうですか、傷。もう痛くないですか?」

「傷……? あれ、治ってる」

「ジルくん、王女様が魔法で治してくれたんだよ」

「そうだったのか。悪い、ぼーっとしてて」

「いえ、大丈夫です! それに魔法で傷を治せても、失った血や痛みは消せませんから……」

「……ジルくん」

ルミエがじとっと半目で見てくる。

見ればセラが、「余計なことをしてしまったんじゃ」と思っていそうな、不安げな表情を浮かべていた。

「あ、いや! ありがとな、セラ」

「あ……! はいっ!」

嬉しそうに破顔するセラ。なんか犬の耳と尻尾が生えてパタパタ振っているような錯覚を起こす。

「あの、ジル? 怪我もそうですけど、それ以前に今朝から体調が悪かったですよね?」

「え」

「王女様、朝見たときから気が付いてたんだって。ボクは全然分からなかったけど……そうだったの？」

朝気づいたって、掲示板の前でだよな？

顔を合わせたのはほんの一瞬だった筈。

ルミエにも気づかれないように隠せていたのに……いや、実際当たってるんだから不十分だったってことか。

「いや、まぁ……良くはなかったかもな」

「だったら無理しないでください……私、本当に心配で」

セラはぎゅっと俺の腕を摑み、上目遣いに訴えてくる。

「いや、心配するほどのことじゃないって。ただ学院に通うだけだし……」

「でも、さっきまたボロボロになっていました」

「それは……うーん……」

「ジルは危なっかしくて心配になります。だって私……ジルのお、お友達ですし」

あまりに不器用な訴えだが、それ故に本心がはっきり伝わってきてなんとも目を逸らしがたい。

今朝の心を閉ざした彼女に比べれば今は心を開いているってことだし、そう思えばこれはいことだ……って、彼女は俺の死亡フラグの筈なのに、どうしてこう甘く考えてしまうんだろう。

「私達、お友達同士……ですよね?」

「う……」

おそらく運命を変えるために一番いいのは、ここではっきり否定し彼女と距離を置くことだ。

クラス分けの時もそうなればいいと思って動いてたし、今朝クラスが違うのが分かってホッとしもした。

けれど……彼女はこうして、自分からやってきてしまう。

もう、「自然と離れていってくれたら」じゃだめだ。

ハッキリ拒絶する。自分の言葉でビシッと決着をつける。

それが……それこそが、俺の………。

「………ああ、友達だ」

「……‼」

ぱあっと、セラの顔が明るくなる。

ああ、だめだ。できない。

情けないと笑うがいい。でもどうしたってできないんだ。

彼女の悲しむ顔を見るのは何よりも嫌だと、理性よりずっと深い、本能みたいなものが譲らない。

どうしたって避けたいと……自分でも、より深みにはまっているって分かってるんだけど。

「なぁ、セラ」

「はい？」

「一応言っておくけど、さっきの模擬戦は俺の負けだからな。決して引き分けなんかじゃなく」

「……？」

俺のなけなしの抵抗に、セラは何が言いたいのか分からないといった感じに首を傾（かし）げた。

第四話「学院生活」

ミザライア王立学院は前世で言うところの学年制と単位制を合わせたようなスタイルだ。授業の半分ほどはクラスごとに行われ、もう半分は生徒自身で選んだ専門性の高い授業が受けられる。

クラスの授業でも座学・実技は満遍なく行われるが、研究職を目指すなら自由選択の授業で座学中心に修学し、実技を伸ばしたい生徒はその逆……とするのが一般的か。

この点は少し意外だった。というのもやはり俺達平民にはあのクラス分け試験の強烈さがまだ頭に焼き付いている。実技偏重というイメージを持った生徒は多いだろう。

しかし、もちろん平民にだって研究職や、実技を重視しない官僚などを目指す生徒は多くいる。

彼らにとって生徒達の自主性を重んじる制度は追い風だろう。

実に……実に羨ましい。

俺達がクラスゼロに配属され、俺とレオンが激しい模擬戦を繰り広げてから、もう一週間が経つ。

ミザライア王立学院の基本的な制度は先に話した通り……だが、俺達クラスゼロの生徒に関しては全く違う。

「それでは本日はここまで」

「……あの、先生。すごぉーく、今更なんですけど」

「はい、ルミエさん」

「ボク達って、選択授業って受けなくて本当に問題ないんですか？」

授業終わり、ルミエが手を挙げて質問する。

今日、朝からそわそわしてたのはこれを聞く気だったからか。

「ええ、問題ありません。というか、クラスゼロの生徒にその権利は与えられていません」

「権利って……」

「あくまで表向きに、このクラスゼロはどのクラスにも所属できなかった落ちこぼれの集まりですからね」

随分嫌なことをハッキリと言う。

ありがたいことに生徒数も多く、クラスゼロの存在は大々的に発表されているわけでもないので、学院内を歩いていて後ろ指を指されることもないけれど。

リスタ先生とルミエの会話の通り、俺達クラスゼロの面々は単位制の部分、自由選択の授業を受けていない。受ける権利すら与えられていない。

一日のカリキュラムは全てリスタ先生による授業だ。語学、数学、魔法学、歴史、さらに実技に至るまで、全てをリスタ先生が受け持っている。

一日中、この第十二研究室に閉じ込められ、実技は全て『桃源の箱庭』にて行われ——他の生徒達から隔離どころか、存在自体を隠されているような、そんな特別扱いを受けている。

(親父も、まさかこんなことになっているなんて思ってもいないだろうなぁ……)

ただ、リスタ先生の授業に対しては、特に不満はない。

他を知らないので比べようがないというのもあるけれど、基本的に分かりやすいし。

けれど、いつも同じ三人とばかり顔を合わせていれば、閉塞感だって感じてしまう。

しかもレオンの奴は座学を殆どサボっているので、基本ルミエとばっかり顔を合わせている。おかげでその分仲良くなれている気もするけれど。

先生は、学院は、いったいこのクラスをどうするつもりなのか……謎は深まるばかりである。

「はぁ……」

「ずいぶん深い溜息だな、ルミエ」

「だって、王立学院に来れば色々な授業を受けられるって聞いて、楽しみにしてたのにさ。本当にこのままこのクラスだけでの授業になりそうでしょ？」

確かにそういう目的なら、このクラスのやり方は窮屈だろうな。

「ジルくんは気にしてないの？」

「ああ。特別何かやりたいとかなかったし」

「そんなのボクだってないよ。でも、色々な授業に顔を出していれば、今はまだ見つけていない何か興味の湧くことが見つかるかもしれないでしょ？」

「確かに」

「そりゃあ先生から学ぶことは多いよ。ボクの能力を伸ばすなら適切だと思うし……」

机にぐったり項垂れながら溜息を吐くルミエ。

（『ボクの能力』……ねぇ）

実際のところ、俺は彼女がいったいどういう素養を持っているのか何も分かっていない。

クラスゼロの授業はそれこそ実技偏重。机に向かうより剣を振るう機会の方が多いが

——その実、人数が少ないことを活かしてか、現在実技授業は全て先生とのマンツーマンなのだ。

がっつりクラスメートと関わったのはそれこそレオンとの模擬戦のみで、以降、授業において俺達は転移先を分けられている。

だからルミエ達がどんなことをやっているのか、何を伸ばしているのかは知らない。前衛は苦手で魔法主体の戦闘スタイルというのは察するところだけれど……なぜか生徒間での情報交換は禁止されているのだ。

ちなみに俺の場合は、持久走・体幹トレーニング・筋力トレーニングなどの基礎トレや、集中力アップのための瞑想術、そして剣術だけに留まらず、拳、槍、弓矢、棍棒などなど、様々な武器の使用を想定した武術を見てもらっている。

元々剣以外も親父から習っていたけれど、その上で先生の持つ知識量には驚かされる。

現状、立ち合いなどの実戦的な訓練は設けられていないものの、傍で見てもらって指導してもらうだけでもかなり勉強になるし、概ね満足だ。

まだ短い期間で、これがどれだけ俺の力になっているかは分からないが……こればかりは実戦の機会を待つしかないだろう。

「ていうか、そろそろお昼だね。学食混むかなぁ」

「混むだろうな。自炊で弁当を用意してる生徒以外はあそこか、あそこ以上に激混みな購買に行くしかないから」

「ジルくんは行かないの？」

「今日は午後フリーだからな。他の生徒達が引いてから行く」

「じゃあボクもそうしよーっと」

そう言って俺達はだらーっと研究室で過ごす。

あれこれ不満を覚えつつも、人間慣れるものだ。

この閉塞感も、狭すぎる交友関係も……そして、

「こんにちはっ！」

……このお姫様にも。

「いらっしゃい、セラさん」

「お邪魔します、ルミエさん！」

二人が気安い挨拶を交わす。

最初は「お姫様」と畏(かしこ)まっていたルミエも、一週間ですっかり彼女に慣れてしまっていた。

彼女、セレイン・バルティモアは第三王女であり、多くの生徒から注目を集める立場で

ありながら、こうして毎日、隙があれば第十二研究室を訪れにやってくる。

昼休み。授業と授業の合間の空き時間。放課後。

半分クラスゼロの生徒なんじゃないかというくらい、滞在時間が長い。レオンより長い。

セラの空き時間とこっちの授業時間が重なったときは、なぜかこっちで一緒にリスタ先生の授業を受けていたりする。何の評価にも繋がらないのに。

「あ、セラさん。それって購買のサンドイッチ？　よく買えたね」

「実は昨日の夕方に買っておいたんです」

そして案外庶民的だ。王族という立場を利用すれば購買の行列ぐらい、モーゼの如く真っ二つにできるだろうに。

「え、でも傷まない？　特にお野菜とか」

「大丈夫ですよ。こうやって……」

セラはサンドイッチを目の前に掲げる。そして、

「はいっ」

パッと、まるで切り取ったみたいにサンドイッチが消滅した。

「えっ⁉」

「き、消えた……」

驚くルミエと、つい感想を口にする俺。

そんな俺達の反応が嬉しかったのか、セラは照れくさそうにはにかむ。

「ボックスにしまったんです」

「ボックス？」

「ああ、えっと……私が便宜的にそう呼んでいるだけですが。魔力で作った箱、とでも言いましょうか。ここことは違う位相に魔力で作った倉庫のようなものを用意して、物を出し入れしているんです。そこでは食べ物も傷まないので、サンドイッチも前日に買った時の状態で保存しておけるんですよ」

「ほ、保存？　そんな魔法、聞いたことないけど……」

「そうですね。これは私が『こんなことできたら便利だな』って思って作ったものなので、もしかしたら世間的にはまだ知られていないものかもしれません」

コイツ、さらっととんでもないこと言ってるぞ⁉

彼女が今言ったのは、かなりメタ的な……『ヴァリアブレイド』だけじゃない、ＲＰＧでよくある、「主人公達は手ぶらなのに、大量のアイテムを所持している」みたいな話に対する解のひとつだ。

セラはそんな視点持っていない筈だ。つまり自分で発想して、形にしたってことか……？

「なぁ、ルミエ。魔法を作るってそんなあっさりできるものなのか？」

「どうだろう……既存の魔法をアレンジしたりってことならできるけれど、セラさんのボックスみたいに、全く新しい魔法を確立させるのなんて、正直全然想像つかないっていうか……」

「全然大したことないですよ！　こんなの……全然……」

セラの言葉がどんどん弱くなっていく。

ルミエから見てもとんでもないと思えるその魔法だが、セラにとってはプラスどころかむしろマイナスに思えることらしい。

「…………」

気まずい沈黙が流れる。

こういう時空気を読まないリスタ先生は不在。

明るくトークをリードしてくれるルミエも消沈したセラに戸惑いつつ、なぜかちらちらと俺に視線を向けてきて、

「あた、ボク、トイレ‼」

突然立ち上がり、そんな逃げ口上を口にした。

「ジルくん、後は任せた」

「いや、お前、それは酷くないか？」

「落ち込んでる女の子を慰めるのは男子の役目だし、セラさんもきっと二人きりの方が気が楽だろうからさ……」

そうルミエは、セラに聞こえないように耳打ちしてきて、ほんのりと明らかに男子のものじゃない香りを残して研究室から出て行った。

こうして室内には俺とセラの二人きりになった。思えば古代遺跡以来だ。

「セラ、なんでそう自分を卑下するんだ？　俺は専門家じゃないから分からないけど、魔法を作れるなんて凄いことなんだろ」

「………………」

とりあえずの慰めは全く響かず、セラは俯いたまま。

そういえばゲームにおけるセレインは攻撃魔法のスペシャリストだった。

魔法使いなのに近接戦闘に強く、強烈な範囲攻撃をバンバン繰り出す、対多数に特に強いプレイアブルキャラクターだ。

ボックスという魔法は、まるで手品みたいで驚かされたが、こちらもメタ的な、主人公達は身軽なのに大量のアイテムを保有している状態を再現できるものだ。

どの角度から見ても才能の塊であり、攻撃魔法うんぬんに関してはともかく、ボックスについてはおそらく前例のない、文句なしに誇れるものだと思うんだけどな。

「私、落ちこぼれなんです」

「……え？」

「魔法の才能なんて全然なくて……ずっと、周りを失望させて……」

「い、いやいや、落ちこぼれなんかとは対極の存在だろ」

彼女の口から出ると思っていなかった言葉に、俺はつい動揺してしまう。

「ジルは、魔法に最も大事なことは何だと思いますか」

「大事なこと……そうだな、どれだけ強いかとか、影響力が大きいかとか？」

改めて言われてみるとなんとも言葉にしづらい。

けれど、絞り出した回答は間違いだったらしく、セラは首を横に振って否定する。

「最も大事なことは、再現性が高いかどうかなんです」

「再現性？」

「この国は、いいえ、世界は、魔法技術の発展と共に成長してきました。もはや魔法がなければ今の生活は崩壊するでしょう」

前世における科学に近い存在ってことだな。考えるまでもなく、彼女の言っていることは正しい。

「魔法を扱うには才能が必要です。近年は研究も進み、魔法の扱いが苦手な人でも問題なく扱える魔道具も普及してきましたが、かつては現在よりも才能に関する差別がずっと酷かったと聞きます」

魔法の扱いは才能に依存する。

人々の生活を支える技術の、そのリモコンを握れる人間が限られているのだ。

当然才能の豊かな人間は重宝され、逆に才能に乏しい人間はそれに縋るしかない。

「再現性のない魔法は、仮にそれがどれほど有用だったとしても……いえ、有用だからこそ、混乱や差別……争いを生んでしまうんです」

「お前の魔法がまさにそれだって？」

「おこがましく聞こえるかもしれませんが、ボックスにはたぶん、交易の根本をがらっと変えるような可能性があると思うんです」

そりゃあそうだろう。

荷物に手を取られない。保存も利く。

物資の運搬だけでなく、無限の可能性が広がる凄まじいものだ。

「ですが……この魔法は誰にも再現できませんでした。王城に集う、この国でも最高峰と言われる魔法使い達が揃って、誰一人として、できなかったんです」

「そうか……」

「検討の結果、私の魔法は他の方が使うものと似ていながらも、全く異なるものだったと結論づけられました。私だけが有する感覚……これも才能と呼ぶのかもしれませんが、私は私だけが扱える魔法らしき力で、魔法を再現しているだけだったんです」

なんだかややこしいが、つまり彼女は魔法を再現できるが、魔法側は彼女の力を再現できないということか。

世界をがらっと塗り替えてしまう力がたった一人の手に握られている——それが世界中に知れ渡れば、当然取り合いになる。独占した者が一人勝ちできるのだから。

そして、誰もが彼女に施しを乞い、彼女は神のように崇められる。

「生まれてこなければよかった……」

「え？」

「前に、そう言われたことがあります。私の魔法を再現しようと、優秀な魔法使いが何人も狂わされたと」

酷いな。そんなのただの八つ当たりじゃないか。

「私、ずっとひとりぼっちだったんです。母は幼い頃に亡くなって、王族だからって周りからはいつも一歩、引かれている感じで……でも、もしも魔法で誰かの役に立てたら、私にも居場所ができるって……だから、私……！」

ぽろり、と彼女の目から涙がこぼれ落ちた。

「頑張ったのに、結局私はひとりぼっちで……気味悪がられて、拒絶されて……対外的なアピールでこの学院に入れてもらえましたけど、何もするな、分をわきまえろって……どうせ、卒業したらどこかの有力貴族に嫁ぐことになるんだからって……」

「セラ……」

「ごめんなさい、こんな話。つまらないですよね。私、どうしてこんな……せっかくジルとお友達になれたかもしれないのに……」

セラは苦しげにしつつ、精一杯笑顔を取り繕う。

なんとなく、今日を境に彼女はもう会いに来なくなると分かった。

誰よりも自分の才能を嫌い、傷つくのが嫌で……俺からも拒絶されるのが怖くて。

今すぐにでも逃げだそうとしている。関係に終わりが来るのを見たくないから。

でも……。

「かも、とか言うな」

「……え？」

「友達になれたかも、じゃない。友達だ。勝手に見限ろうとするな」

俺はそれを黙って見送れるほど、大人じゃなかったらしい。

「再現性……再現性ね。なるほど、確かに大事なことなんだろうな」

「はい……」

「でも、俺には関係ない！」

「えっ⁉」

「だって、お前の魔法に再現性があろうがなかろうが、お前はこの世に一人だけだろ」

何かに関する才能なんて、その人を形作るピースのひとつにすぎない。

俺が……ジル・ハーストが、『最強』と『護衛』だけでできていないみたいに。

「そもそも俺達が友達になったのは、お前のその才能を知る前の話だ。それどころか知り合ったときはお前が王族だってことさえ知らなかったんだぞ。後付けで情報を足されたって、それが覆るわけじゃない」

「あ……」

「むしろ逆に、意外と俺達は似ているところもあるのかもって親近感を覚えたよ」

「似てる……私と、ジルが？」

「ま、あまり嬉しくないと思うけど」

「そんなことないです！　だって、ジルは強くて、カッコよくて……絵本の中の騎士様みたいで……私なんかとは全然違うから……」

「それは、言いすぎというか……」

予想もしていなかったべた褒めに、顔が熱くなる。

そんなつもりじゃなかったんだけど……っと、脱線するな！

「ええと、そのだな……強いってのはまぁ、ある程度はそうだと思う。でもさ、俺が強くなっても他の誰かを強くできるわけじゃない。俺個人の強さ……つけた筋肉、磨いた技、重ねた経験……それらは俺だけのもの。『再現性がない』ってのと同じだ」

「同じ……」

「じゃあ、世界にとって全く意味のないくだらないものなのかって言えば……それは違うと断言できる。だって、俺はこの力があったから、サルヴァからお前を守れたんだ」

「あ……！」

「結果や価値なんてものは後から勝手についてくる。役に立つ、立たないなんてのも他人の勝手な評価にすぎない。そんなものがなくたって俺は揺るがないし、自分を見失ったりしない」

なんて、経験を人生一周分多く重ねているから言える綺麗事かもしれないけれど。

一度、積み重ねてきたものを全部失って、また一から重ねてきた……そうして見えるものもある。

もしかしたらこれも才能と呼べるものなのかもしれない。

「今は自分を苦しめるだけかもしれないその才能も、いつか、誰かの役に立つ日が来る。お前が心から、胸を張れる日が来る。だから、手放そうなんて思うな。生まれてこなければよかったなんて言うな」

彼女の手を握り、目を見つめて訴えかける。

少しでも彼女に、俺の言葉が届くように。

「俺が保証する。お前はこの世界に祝福されて生まれたんだ」

彼女はこの世界のメインヒロイン。闇を払う光。

俺はそれを誰よりも知っている。

力だけじゃない。強い心、意志。それらで隠した弱さ。

その全てに——セレインという女性に、何度も心を奪われたのだから。

「……なんて、ちょっと大げさかな。あはは……」

妙に真剣に話してしまい、途端に面映(おもは)ゆく感じてしまう。

けれど、ほんの少しでも、彼女が「生まれてこなければよかった」なんて思わなくていいようになってくれれば嬉しい。

生きる意味や、共に歩んでいくパートナーはそう遠くない未来に出会うことになるんだから——。

「うぅ……」

「わっ⁉　せ、セラ⁉」

セラはボロボロと大粒の涙を零す。さっきよりも激しく。

「大丈夫か？　その、俺、なんか偉そうに好き勝手言っちゃって——」

「ご、ごめんなさい！　でも、そ、そうじゃなくて……！」

セラはごしごしと両手で目元を擦って隠しながら、声を上げる。

「私、嬉しくて……だって、ジルは、かっこよくて、つよくて……私の、憧れだから……」

「そんな、大げさな……」

「大げさなんかじゃないです！　私にとっては、すごく、大事なことなんです！」

困った。話の流れ的に、あまり否定するのも変だし……。

「あの……ジル」

「な、なんだ？」

「本当に私の力は、誰かの役に立てますか？　余計な混乱を生むだけじゃないんですか？」

「……ああ、もちろん」

「ジルの……ジルの力にもなれますか。貴方と並び立つことはできますか⁉」

俺の？　と反射的に聞き返しそうになりつつ、咄嗟に抑え込む。

彼女の目は切実に訴えかけてくる。本気で、真剣に。

彼女の目に映る俺はあまりに美化されている気がしてならないが……でも、それが彼女にとって救いになるなら、甘んじて受け入れよう。

(憧れ……か)

「お前が歩みを止めなければ、きっとな」

「歩みを、止めなければ……」

「けれど簡単には追いつかせないぞ。俺にだって積み重ねてきたものがあるんだからな」

「……でも、道の先に貴方はいてくれるんですよね。私が歩んだ先に……だったら、必ず追いついてみせます！」

セレイン・バルティモアの目標なんて、あまりに恐れ多い大役だが……まぁいい。

彼女の目に輝きが灯った。今までなかった強く、美しい輝きが。

そして俺にも、新たな強くなる理由ができた。責任とも言うかもしれないが。

(何はともあれ、元気になってくれてよかった)

思い出の中の彼女はめったに笑わない女性だったけれど、目の前の少女には笑顔がよく似合う。

つい見とれてしまうくらいに。

◇◇◇

ほどなく昼休みが終わる鐘が鳴り響いた——が、セラはなぜか席を立とうとしなかった。

普段は、次の授業に遅れないように帰るのに。

「ただいま～。セラさん、大丈夫だった——って、あれ!?」

ここでルミエが帰還。彼女も既にセラが帰ったと思っていたのだろう、座ったままのセラを見てびっくりした声をあげた。

「セラ、授業は？　行かなくていいのか？」

「……行きたく、ないです」

絞り出すようなそんな言葉に、俺もルミエも何も返せなかった。

メンタルケアは上手くいったと思ったのだけれど、駄目だったんだろうか……？

「あの、良かったらもう少し一緒にいたくて……駄目ですか？」

「え……」

「だ、駄目じゃないよ！　ねっ、ジルくん⁉」

状況が分かってないながらも、セラを気遣うように即答するルミエ。

そんな彼女に圧(お)され、俺もただ頷(うなず)くしかない。

「わがまま言ってごめんなさい。でも、やってみたくなって」

「やってみたくなったって、何を？」

「わ、笑わないでくださいね？　その……さ……」

「さ？」

「……サボリ、というものを」

「『サボリ』」

セラの口から出なそうな言葉ランキングなんてものがあれば、上位に位置するであろうそんな言葉を受けて、俺とルミエは思わず繰り返す。

「セラさん、ジルくんに何を教え込まれたの？」

「お、俺はなんも言ってないぞ⁉」

「悪いこと言わないから、ぺって吐き出した方がいいよ。ぺって」

「犬を躾けるみたいに言うな！」

　そんなの王族相手でなくても失礼だからな、普通に。

「ジルのおかげで私、頑張ろうって思えて……サボリはその第一歩なんです！」

「矛盾してない⁉」

「してませんっ‼」

　ぐぐんと胸を張るセラ。

　自信満々に、初めて夜更かしをする子どもみたいに目をキラキラさせて……まぁ、本人がいいならそれでいいか。

「じゃあ、ボクらと一緒に食堂行く？」

「食堂！　行ってみたいです！」

「行ってみたいって、今まで使ったことないのか？　昼休みはいつもこっちに来てるけれど……朝とか夜とか」

　比較的余裕のある時間帯なら、学食に頼らずとも学院を出てストーリアの町にある飲食店を利用するという手もあるけれど、大体の生徒はここの食堂を利用するだろう。学生なら基本メニューはタダで食べられるし。

　他にも寮にはキッチンも用意されているので自炊も可能だけれど……まぁ、こっちは考えるまでもないだろう。

「私はその、目立ってしまうので……皆さんの邪魔になるのが嫌で、今までは購買だけ、人の少ない時間に利用していたんです」

「確かに食堂なんて行ったらちょっとした騒ぎになっちゃいそうだよね」

確かに。席を譲れと取り巻き、ないしはセラのポイントを稼ぎたい連中が騒ぐ姿が目に浮かぶ。

「有名人も得ばっかじゃないな」

「でも……お友達と一緒に食堂行くのも憧れてたんです。お腹もまだ入りますし！」

「そういやサンドイッチ持ってたな……でも、この時間でも選択授業のない生徒はいるし、セラを連れてったら『王女殿下がサボリ!?』なんて余計面倒な騒ぎになりそうだよな」

「むぅ……」

「まぁ、セラさんのクラスじゃあ、もう騒ぎになってるかもだけど」

確かに。時間になっても王女殿下が現れないとなると、余計な心配を生むかも。実際に一度誘拐されてるわけだし。

「うぅ……やっぱり軽率でしたでしょうか……」

「まぁ、そういう面倒は無視すりゃいいよ。自分で決めたんだろ」

「ジル！」

「わぁ、不良っぽいアドバイス」

「不良かどうかは分からないけど、俺達ゃ落ちこぼれのクラスゼロだからな」

セラがサボりたい意図はまだ分からないけれど、彼女が自分で決めたことは尊重してやりたい。特にあんな話の直後だしな。

「んで、食堂に行くにあたっては……そうだな」

研究室を見渡すと、棚に丁度良いものが置かれていた。

「これと……あと、これを借りよう」

そう言って手に取ったのはハンチング帽と眼鏡。

ハンチング帽はセラの頭よりはちょっと大きめだけれど、長く目立つ髪をしまい込むにはぴったりそうだ。

眼鏡も度の入っていないものみたいだし……もしかしたらリスタ先生が予め用意してくれていたものかもしれないな。あの人、色々と目ざといから。

「ほら、つけてみ」

「は、はい……ええと、どうでしょう？」

「わぁ、似合ってるよ！」

「うん、これならすぐに王女様だってバレることはないだろ」

簡易的な変装だが、案外隠せるもんだ。王女がわざわざ庶民の格好をするなんて、物語とかならベタかもだけど、普通ならあまりしないだろうし。

気づかれるリスクはあるけれど、その時はその時だ。

「これがあれば、ジル達と一緒にいられる……」

「あくまで応急処置だよ。もっとバレにくいようにするなら……どうだろうな、ルミエ」

「なんでボクに振るのさ」

もちろん今まさに自分が男性だとカモフラージュしているルミエの方がこういうのに詳しそうだからだ。

まぁ、それを俺の口からバラすわけにはいかないし、もの凄（すご）く鋭い視線で牽制（けんせい）されてしまったので、これ以上話を広げようもないけれど。

「それじゃあ、行こうぜ。王女様の初サボリ記念で」

「ジル、王女様じゃなくて……」

「はいはい。セラの初サボリ記念だな」

「はいっ！」

セラは嬉（うれ）しそうに笑いつつ、俺の手をぎゅっと握る。

この行為にどんな意味が込められているのか、セラ自身理解していなそうだが……まぁ、深く考えないようにしよう。

◇◇◇

この世界における食文化は日本のものとよく似ている。

それはもちろん『ヴァリアブレイド』で出てきたのと全く同じだ。

日本メーカーによる日本人向けのメタ的な要素として、当時は気にもしていなかったけれど、こうしてこの世界に転生して、それでいて日本で見た料理が当然のように親しまれているのを見ると、どこか薄ら寒い感覚さえ覚える。

もちろん、この違和感も「この世界＝『ヴァリアブレイドで描かれた世界』」と繋げた理由のひとつになったのは間違いないが。

「セラさん、カレーにしたんだ」

「はいっ……食べたことなくて、ずっと気になっていたので！」

「…………」

セラは今、初めてカレーを食べるのか。

ゲームでも、セレイン・バルティモアの好物はカレーとなっていた。

つまりこの食事が、彼女がカレーを好きになるきっかけになるのかも……？

「……ジルくん、そうじっと見られたら食べづらいと思うよ」

「あ、悪い」

「い、いえ……」

ルミエに釘を刺されてしまった。

セラも恥ずかしげだし、悪いことをした。

「あ……美味しい」

カレーを口にして頬を綻ばすセラ。

ここも、ゲームから大きく外れはしないか。

「そういえば、ジル達はこのあとはフリーなんですよね」

「ああ。それぞれ先生から与えられた課題をこなしてるんだ」

「課題ってどんなものですか？」

セラからの当然ともいえる疑問に、俺とルミエは顔を見合わせる。

「セラさん、実はボクら同じクラス内で課題の共有をするのは禁止されていて……」

「あ、そうなんですね……すみません、余計なこと聞いて」

セラは申し訳なさげに肩を落とす。

「ううん、気になるよね」

もちろんセラはクラスゼロではないので、彼女に伝えるのは問題ないが、ここには俺とルミエがいるわけで……。

「……まぁ、いいか。ルミエは俺がセラに話すのを、偶然耳にしてしまったってことで」

「ちょ、ジルくん⁉」

「セラだってこんな中途半端（ちゅうとはんぱ）じゃ納得できないだろ。それに、俺の課題はわりと想像つくものだしな」

いざとなっても怒られるのは勝手に喋（しゃべ）った俺ってことになるだろう。もしもルミエが巻き込まれたら……その時は謝るとして。

「セラは、俺とレオンの模擬戦を見てたろ。覚えてるか？」

「はい、もちろん」

「その時、レオンが突然赤いオーラを放ちだして、身体能力を著しく増強させた。あれを俺も発動できないか試してみるってのが、その課題なんだ」

「「へぇ～……」」

セラはともかく、ルミエががっつり反応してしまうのはどうかと思うけれど……気にしないことにする。

「それで、できたんですか？」

「いいや、全然」

この一週間、真面目に課題に取り組んでいるけれど、やっぱり全然発動の兆しはない。

先生も「そんな現象があるとかないとか」と、噂くらいにしか知らなかったらしいし。

「何か条件が足りていないか、そもそも俺に才能がないか……分からないけどな」

「ジルに才能がないなんて、そんなのありえないです！」

「そう言ってもらえるのは嬉しいけど」

俺も信じたい。

けれど、もしもレイジバーストが発動できたとして、俺が抱える問題が解決するかといえば……分からない。

レオンとの模擬戦。その最後の一幕……思い出すと、同時にずっしり重たいものが肩に乗っかるような、そんな錯覚に陥った。

「はぁ……」

「そんなに大変なんだ」

「いや、課題抜きにしたってさ、一度レオンとあの模擬戦の検討――振り返りをしたいって思ってるんだけど」

「あー……避けられてるよね。ていうか、嫌われてる？」

「バッサリ言うなぁ」

そう、あれ以来レオンと話す機会がないのだ。

授業はサボりがちで、出てきてもすぐ帰ってしまう。顔を合わせると露骨な舌打ちを飛ばしてくるし……とりつく島がない。

「もしかして、ジルと引き分けたのを気にしているのでは？」

「セラ、前も言ったがあれは俺の負けだ」

「むぅ……」

「でもさ、最後武器が壊れずにジルくんのカウンターが決まってたら、結果は違ったかもしれないよね」

「それは……もしもの話だろ。武器の耐久度を見誤った俺のミスだ」

そう、あの武器の破損。あれはどう考えても不自然だった。

仮に耐久性に問題があったとしても、ああも粉々に突然弾け飛ぶなんてありえない。

（でも実際に起きた……それも、俺があの『ジル・ハースト』の力を発揮しようとした瞬間に）

サルヴァを圧倒し、宙を蹴るという妙技を見せた『ジル・ハースト』。

それらの時と同じ感覚を、俺は自分に降ろすことに成功していた。

しかし——その瞬間に武器は弾け飛んだ。

ただの偶然で片付けられるならそれに越したことはない。けれど——。

——……彼はビーストキング。かつて、私の護衛と引き分けたこともある実力者です。

目の前の少女と全く同じ声で、しかし別人のような冷たい雰囲気で発せられたその言葉は、あの日から脳裏に焼き付いたままだ。

ビーストキング。それは『ヴァリアブレイド』において、主人公陣営、ラスボス陣営に次ぐ第三の陣営に属するネームドエネミーの一人。

この第三の陣営は『ファントム』と名乗っていた。目的は主人公達と同様にラスボス陣営の野望を砕くこと。

しかし、そのやり方は苛烈で、容赦なく、主人公達とぶつかることも多々あった。

最後は和解——というか一時的な協力関係を結びつつ出番を終えたものの、旅の道中で何度も戦うこととなる難敵達だった。

彼らは全員仮面なりフルフェイスの兜なりで顔を隠し、全メンバーが最後まで素顔を晒すことはなかったが、度々セレインと因縁があるような会話が差し込まれていた。

（レオンが……未来のビーストキング？）

あの時、模擬戦で起きたことは、セレインとビーストキングの意味深な会話を補完するものだった。

正確には引き分けでなく俺の敗北だけれど、勝ち気なセレインであればその程度の見栄（みえ）は張ってもおかしくない。

でもまさか、こんなところで二人の縁が生まれていたなんて……完全にノーマークだった。

（そっかぁ……ビーストキング……そっかぁ……）

俺の心境は非常に、ひじょ～～～に複雑だ。

ビーストキング、俺結構好きなんだよなぁ。力業でゴリ押ししてくる感じとか、豪快で天上天下唯我独尊な性格とかが、なんていうか、漢（おとこ）って感じがして。

できればもっと話してみたい。彼が本当にビーストキングなのか、確信を持ちたい！

……なんて思っていても、明らかに向こうからは嫌われているし、変にグイグイ行っても余計な勘ぐりを受ける危険性がある。

それに、もしもチャンスがあっても、そんなウキウキした気分になれるかは……いや、なれる気がしない。

ジルがビーストキングと引き分けた（敗北した）という未来の情報。そして、俺がこの身に『ジル・ハースト』を降ろした瞬間敗北が確定したという事実。

俺は、大きな勘違いをしていたのかもしれない。

サルヴァでさえ圧倒する『ジル・ハースト』の力。それは絶対無敵などでは決してなく、『ヴァリアブレイド』に描かれた未来へと繋がる運命、そのものなんじゃないだろうか。

サルヴァや氷竜との戦いであの力が優位に働いたのは、『ジル・ハースト』があそこで負ける定めではなかったから。

そして、あの模擬戦でレオンに負けたのは、そうなる定めだったから。

勝つべくして勝ち、負けるべくして負ける。全てはジル・ハーストを正しく歴史の彼方に消し去る為に。

（この力は決して俺の味方じゃない。それどころか……）

「ジル？」

「え？　あー……」

「すごく考えこんでたけど……」

「ああ、いや、なんでもない」

いきなり黙ったせいで二人から心配されてしまった。

忘れはしないが、一旦頭の片隅に寄せておこう。

「レオンくんのこと、そんなに気になるならボクが間を取り持ってみようか？」

「え、そんなことできるのか？」

「うーん……まぁ、ボクも彼とはまだ全然親しくないけど、ジルくんよりは可能性あるかもって」

「あー……いや、別に無理してやんなくてもいいよ。お前だって課題やってるんだろ？」

「そう……だね。実はあまり順調じゃなくて」

彼女の課題内容を知るよしもないが、壁にぶつかっているのは共通しているらしい。

まぁ、あのリスタ先生のことだ。きっと彼女にも難題を押しつけているのだろう。

「そういえば、ルミエ」

「ん、なぁに？」

「前にさ、支援系の魔法が得意って言ったよな」

「へぇ……すごいです、ルミエさん！」

「あ、いやぁ、そんな目を輝かせてもらうほどじゃないよ!?　まだまだ勉強中だし、攻撃系に比べてってだけで……」

そう苦笑するルミエ。まぁ、目の前にいるのは既成概念を崩しかねない魔法を開発した天才だからなぁ。

「ちょっと提案なんだけど、お前のその魔法、俺に貸してもらうことはできないか？」

「ジルくんに貸す？」

「ルミエの魔法で俺を強化してほしいんだ」

『レイジバースト』の発動を目指す際に最も厄介なのはその原理が不明なことだ。

ゲームでもHPやMPの消費による発動ではなく、専用の独立したゲージが存在していたので、体力や魔力に依存したものではないと推測できるけれど……これぱっかりは発動してみないことには分からないだろう。

もちろん、そういう意味では魔法による強化バフとは別物だとは理解している。

ただ、自身が強化される感覚を得ることで、何か糸口を掴めるかもしれない。

「もしもルミエの課題が強化魔法に関することだったら、俺を実験台にできるだろ？」

「それは……ちょっとありがたいかも」

ルミエは顎に手を当て、うんうんと頷く。

けれど、すぐに何かに気が付いたみたいにハッと顔を上げ、首を横に振った。

「だ、ダメ！　やっぱりダメだよっ！」

「え、いや、確かに課題の共有は禁止されているけれど、協力は禁止されてないぞ？」

まぁ、課題の共有をしなければ協力もできないと思うので、へりくつかもしれないが。

しかし、それが問題ではないらしく、ルミエはなぜか頰を火照らせつつ俯いた。

「本当はボクも協力したいよ？　でも、その……ボクの強化魔法は少し癖があって」

「癖？」

「条件があるというか……それを介さないと効果がすごく落ちちゃって。そのレベルだと、あまりジルくんの役には立てないと思うんだ」

条件か……となるとルミエに与えられた課題は、その条件を介さずとも強化魔法を操れるようになることか？

……いや、むしろ逆かもしれない。

ルミエの言う条件は「それを満たさないと効果が落ちる」とも、「それを満たすことで効果を伸ばせる」とも取れる。

癖、条件……それらが彼女の長所なら、それらを伸ばした方が、短所を埋めるよりも彼女自身の価値を高めるだろうし、リスタ先生もそう指導するだろう。

（でも、どっちにしたって実験台がいた方がいい気がするけれど……知られたくない条件か）

落ち込むとかじゃなく、つい赤面してしまうような条件……そういえば、ディモダロスと戦った時、強化された感覚があった。

もしもあれを、ルミエが無意識で行ったものだとして、何かきっかけはあっただろうか。

（あの時ルミエと俺にあったことって……）

俺は戦いの最中に起きたことを思い巡らす。

そんな時、ルミエが突然「あっ！」と声を上げた。

見ると、かあああっと効果音がしそうな程に顔を真っ赤にしている。

「じ、ジルくん!? なんで分かったの!?」

「え？」

分かった？　何が？

……と、思いつつ、無意識の内に自分の唇に触れていたことに気が付いた。

ちょうど、思い出していたのはあの歯の痛みで……まさか、そういうことか!?

さすがにセラはなんのことか全然分かっていない様子で首を傾げているが、まぁこればっかりは伝わらなくて良かった。

これは確かに、口にするのも躊躇うセンシティブな条件だ……！

「ジ・ル・く・ん？」

「いや、事故だったんだ！　偶々！　何もやましいことないから！」

「やましいこと……？」

はっ⁉　余計な言い訳をしたせいでセラが不審げな目を向けてきている⁉

「ジル、やましいこととは何ですか？　もしかしてルミエさんに何か――」

「いやっ！　何もしてないって言ったろ⁉　何もないって！　ルミエ、後でちゃんと話すから！」

「……分かった。ちゃんと、正直に話してもらうからね」

内容が内容なのでルミエ的にもセラに聞かれるのは嫌だろう。彼女はしっかりと釘を刺しつつ引いてくれる。

「セラも、本当に何もないから」

「むぅ……なんだか不自然ですけど」

セラの方は納得していない様子だが、とりあえずそれ以上の追及は止めてくれた。

(反応を見る限り、ルミエの言う条件というのは『キス』だ)

ディモダロスとの戦いの際、うっかりルミエとキス……というほど甘酸っぱいものじゃないが、唇同士が触れてしまった。

それ以降の好調を思うと、気絶しながら無意識に強化魔法を付与してくれた、という感じなのだろう。

実に厄介そうな条件ではあるが、よくよく考えてみればおとぎ話とかでも魔法とキスはセットにされることが多い。

眠りから覚ましたり、呪いを解いたり――そういう意味じゃ案外魔法との親和性は高いのかもしれない。

なんにせよ、今のルミエに強化魔法を掛けてくれと頼むのは「キスしてください」と言うのと同じだ。

レイジバースト発動の糸口を摑むいい方法だと思ったんだけど、こればっかりは諦める他ない。

「はぁ……」

そうして思わず吐いた溜息は、偶然にもルミエのものと被ってしまった。

俺に秘密がバレたからか、それともまた別の悩みによるものか……なんともままならないものだ。

「二人とも大変そうですね……」

「どうだかな……セラはなにかそういう課題みたいなのはないのか？」

「今のところは授業を受けるだけですね。学期の終わりが近づけば、試験などがあるみたいですが」

「試験ねぇ……」

その響きはあまり好きじゃない。主に前世由来で。ていうか好きな人いる？

「でも、実はやりたいことがあって」

「サボリ以外に？」

「サボリ以外にです！」

セラは目をキラキラ輝かせて、言った。

「実はもう一度、魔法の開発をやってみようと思って！」

「へぇ……！」

ルミエが声を跳ねさせつつ、「なんだ、セラさんの方は解決してたんだね！」と言いたげな目を俺に向けてきた。

「実は構想は昔からあったんです。ボックスのことで、色々諦めてしまっていたんですが……でも、ジルが、『俺のために強くなれ』って言ってくれたので、期待に応えたくて！」

「いや、言ってないだろ」

「わぁ、ジルくん言うねえ！」

「だから言ってない」

この短時間でそんな脚色入るか？

元は、あれだ。俺に追いつくとかそういう話だから。

「なので、開発に集中できる時間が欲しいんですが、中々一人で集中できる機会もなくて」

「寮の自室とかは？」

「できればある程度の広さがあると……」

「まぁ、普段はお前のポイントを稼ぎたい連中につきまとわれるしな——いてっ」

「ストレートに言いすぎ」

ルミエに頭を叩かれた。本当のことを言っただけなのに。

「でもセラさんはクラスゼロによく遊びに来てるでしょ。その要領で周りの人を撒けば……って、行く先がないのか」

「はい……訓練場とかは使用に申請が必要ですし、そうなると周りにも分かってしまうので」

セラが危惧しているのは、彼女の魔法を見て、自分にもできるかもと周囲が真似することだろう。

しかし、彼女の魔法は王宮に仕えるエリートさえ再現の糸口を摑めないもの。学生が真似しようとしたって難しいだろうし、最悪彼らの才能を挫いてしまうことになりかねない。

(それに、セラ自身、異常な存在として白い目を向けられてしまうかもしれないしな……)

「じゃあさ、リスタ先生に桃源の箱庭を使わせてもらえば——」

「うーん、それもなぁ……」

ルミエの提案に、俺はすぐさま疑問を投げかける。

「現状の、セラが俺達のところに出入りしているのだって、Aクラスの教師からすれば面白くないだろうし。ほら、先生もそのAクラスの……なんだっけ」

「ハールビット先生、ですね」

「ああ、そうだった。その人とはあまり仲良くないって言ってたし」

まぁ、リスタ先生なら「気にしない」とでも言いそうだが、だからって何でもかんでも甘えるのは良くないだろう。

それに何かあったときには先生だけじゃなく、セラも面倒を被ることになりかねない。

「……いや、でも、最初から諦めるのは良くないし、聞くだけ聞いてみるか」

「でも……」

「まぁ試しに聞くだけだから、あまり期待はしないでくれ。それにすぐの相談はできないし」

「あー、そっか。先生、なんか用事とかで出掛けちゃったんだよね」

「ああ。明日の夕方頃まで戻らないって。おかげで俺達は終日自習だけど……なんか自由すぎるよな」

おかげで課題に集中できるが、時間を掛けたからっていい成果が出るわけじゃない。

同じことを思っていたんだろう、俺とルミエはまたもや同時に溜息を吐いた。

◇◇◇

すっかり日が暮れた、夜。

セレインはこっそり自室を抜け出した。

部屋を訪ねてきたAクラスのクラスメート達には「体調不良だった」と嘘を吐いてしまったが、罪悪感と同時に、不思議な達成感を覚えていた。

これまでのセレインの人生は、まさに敷かれたレールの上をただ進むだけの、無機質なものだった。

母が病没して以来、彼女に味方はなく、何をしても認められず、否定され——彼女は周囲に心を閉ざし、自分を守るために、ただ首を縦に振るだけの人形となった。

転機は、ミザライア王立学院へ入学する一週間前のこと。

そもそも彼女が王立学院に通うことになったのは、王族として最低限の箔をつけるため。

卒業後はどこか、王族が関係を強化したい貴族家、ないしは諸外国へ政略結婚に出されることがほぼ確定している。

だからセレインにとって、この学院で過ごす三年間が、彼女が彼女でいられる最後の時間だった。

そして少しでも早く、長く、僅かな自由を手に入れたくて、入寮が開始されたその日に王立学院を訪れたのだ。

(それがまさか誘拐に遭うなんて……思ってもいませんでしたが)

彼女は自嘲するように思い返しつつ……しかし、口元はほのかに緩んでいる。

誘拐は彼女にとって怖ろしい体験ではあったが、ただ痛みだけを与えたわけではない。

ジル・ハースト。

彼女にとって、まさしく人生を変える出会いも与えてくれた。

(もしかしたら、こういう出会いを『運命』と言うのでしょうか。なんて、ジルからした

ら嬉しくないかもしれませんが）

セレインは彼を思うたびに、不思議な胸の熱さを感じる。

自然と頬が緩み、嬉しい気分になる。

彼はセレインにとって、母以外で初めて心を許せると思った相手だ。

出会った状況が状況で、命の恩人……というのもあるが、何より彼女はジルの放つ空気感が好きだった。

最初こそ若干怖いイメージを持ちもしたが、それは最初だけ。

すぐに、常に彼女を安心できるように気遣っていたことが分かって、けれどそれは彼女が王族だからではなく、『セラ』という一人の少女として見てくれていて……状況的に不謹慎ながら嬉しいと感じていた。

彼はセレインが王女だと知っても態度を変えることなく、「同い年の友達」になってくれた。

それが彼女にとってどれほど大きなことだったか、彼は全然気が付いていないのだろうと思いつつ、セレインは彼が渡してくれた、今も身につけている帽子と伊達メガネに触れる。正確には研究室に置かれていたリスタのものだが。

（これがあれば、本当にみなさん私が王女だと気が付かないんですね……なにかの魔道具

なのでしょうか）

学院の敷地内を歩きつつ、何人もの生徒とすれ違ったが、誰一人彼女に声を掛けてはこない。奇異の視線も向けてこない。

明日食べるパンも、これなら簡単に買いに行ける。慣れればもっと自由に、色々なところに行けるかもしれない。

（それと……ジルにも会いに行きやすくなるかもですし！）

ジルと出会ってから、セレインはそれまでの人生では想像もつかなかった『レールから外れた行動』を取っている。

セレイン誘拐の罪をジルに被せようとした学院に声を荒らげて反論したり、周りの目を盗んでクラスゼロの教室である第十二研究室を訪れたり……今日なんて授業までサボってしまった。

そのどれもセレインにとっては、ものすごく勇気を必要とする行動だった。

周りと違う、流れに逆らう行動を取ればどうしたって目立つ。これまでの人生的にも気質的にも、セレインは自身が目立つというのは苦手で、避けてきた。

けれど、彼女の目から見たジル・ハーストはそれとは真逆の人間だった。

常に自信に溢れ、真っ直ぐ前を見て自分の信じた道を進む。たとえ高い壁が目の前に聳えていたとしても、一切引くことなく、ボロボロになってでも打ち砕いていく。

サルヴァ相手然り、レオン相手然り……彼の戦いを見て、セレインは感動せずにはいられなかった。

憧憬を抱かずにはいられなかった。

（私もジルみたいになれたら……ううん、なれたらじゃなくて、なるんです！　ジルだって応援してくれたんだから、がんばらないと！）

そのために、セレインは購買に行き、普段より少し多めにパンを買い込んだ。

（そう……私は今日、夜更かしをするっ‼）

セレインはぐっと拳を握りこみ、決意を新たにした——叫ぶと目立つので、心の中で。

（我ながら怖ろしいことを思いついたものです……！　夜更かしなんてしたら、次の日絶対眠くなっちゃいますし、お肌にも悪いって噂だし……ううん、でも、いっぱい魔法のこと考えるって決めたんですからそれくらい！）

そんな言い訳を並べつつ、「これまでやってこなかった新しいことをやる」というだけで、セレインはついついにやけてしまう。

そしてさらに……。

（もしもっと便利な魔法が使えるようになったら、きっとジルも褒めてくれるかも……」

「えへ、えへへ……」

もしも彼女の正体を知る者が見ていれば、目をひんむいて驚いただろう。

それほどまでに彼女に似合わない、残念な笑みだった。

「ふふふ～ん♪」

さらには無意識に鼻歌まで唄いながら、軽い足取りで寮に向かって歩くセレインだった

が――

「やあ、今日は月が綺麗な夜だね」

ぞくっ、と反射的に肩が震え、セレインは蛇に睨まれた蛙のように体を硬直させた。

「こんばんは、セレイン。久しぶり」

忘れるはずもない。

爽やかな雰囲気ながら、余裕と侮蔑が入り混じったこの声は、未だセレインの頭の奥に強くこびりついている。

「あ、あなたは……ど、どうしてここに……⁉」

「どうしてって、見ての通り君に会いに来たんだよ」

よく通る女性受けしそうな甘い声だが、セレインには嫌悪感しか湧かない。

なぜならこの男は……サルヴァは彼女の、彼女達の敵なのだから。

「にしても、僕だと分かってくれて嬉しいよ。ほら、随分と痛々しくなってしまっただろう?」

サルヴァはそう言って、自身を披露するように左腕を広げる。

彼は大きなマントのようなもので全身を覆っていた。しかし、それでも顔や腕に残る無数の生傷は隠せない。

そして何より、マントに隠されていてもなお、ジルに切り飛ばされた右腕がないというのは一目で理解できた。

「ありえない……だって、この学院には最新鋭のセキュリティが——」

「ふふっ、最新鋭ねぇ?」

セレインの問いかけを、サルヴァは簡単に笑い飛ばす。

「確かに、このミザライア王立学院には最新の魔法技術を用いた警備システムが張り巡らされている。けれど、システムはアップデートできても、扱う人間はそうじゃない。新しいものを簡単に、完璧に使いこなせるほど万能にはできていないんだよ」

最新かつ、強固な警備システムとなれば、その取り扱いも複雑になる。

新しいということは、それだけ現場にノウハウが蓄積されていないということ。

機能が向上していても扱う者の技量によっては、それを完璧に扱えるどころか、場合によっては旧式のものよりパフォーマンスを落とすことさえありえる。

「人間は『最新だから安全』という思い込みに胡座（あぐら）を掻（か）いて、むしろ警戒を緩めさえする。予（あらかじ）め簡単な抜け道が用意されているなんて思いもしない」

「予め、用意されている……⁉」

「おっと、喋（しゃべ）りすぎたかな。そろそろ本題に入ろうか。時間もあまりないしね」

サルヴァは飄々（ひょうひょう）と言いつつ、セレインへ、まるでダンスに誘うかのように左手を伸ばした。

「セレイン・バルティモア。これから、僕と一緒に来てもらう」

「っ……！」

「そう警戒しないでよ。君はあくまで目的の半分だ」

「はん、ぶん？」

「君を攫（さら）うのは……彼を誘い出すためさ」

「っ……！　貴方（あなた）、ジルに何をするつもりですか⁉」

「借りを返そうと思ってね。やられっぱなしは性に合わないんだ」

余裕の中に怒りが滲んだ声。

セレインは今初めて、彼の本気を目にした気がした。

「君を攫えば、きっと彼はあの時みたいに助けようとするだろう?」

「そんな勝手なこと……!」

「させないって? じゃあどうする。代わりに今、君が戦うかい? けれど、こんなところで暴れてしまえば、騒ぎを聞きつけてたくさんの生徒や教員がやってくるよ?」

「う……!」

「果たして彼らに僕が止められるかな。ジルが来るまでに、いったい何人が死ぬことになるだろうねぇ……」

明確な脅し。

しかし、実際にサルヴァの実力を目の当たりにしたセレインにはその光景がありありと想像できてしまう。

「ふふふ……どうしたんだい、そんな体を震わせてさ」

「あ……」

「勘違いするなよ、セレイン・バルティモア。君は彼にはなれない。ただの弱っちい、守られるだけのお姫様なのさ」

　グサリ、と容赦のない言葉がセレインの胸を抉る。

　サルヴァの言葉に彼女を傷つけようという嫌みはない。ただ当たり前に、当然の事実を口にしたにすぎない。

「だから君には君に相応しい役目を、ちゃあんと果たしてもらわないとね」

「じ、ジル……」

「そんな都合良く彼は来ないさ。戦士としての勘は鋭くとも、魔力感知はあまり得意じゃないみたいだしね。それと……あの面倒くさそうな女も、今ここを留守にしているんだろう?」

　セレインは『留守』という言葉に、昼間ジル達が「リスタ先生は明日の夕方まで戻らない」と話していたことを思い出す。

　ジルが駆けつけないと確信し、さらにはリスタの行動も把握している——サルヴァの周到さに、セレインの絶望感は増すばかりだ。

「これはちょっとしたゲームだよ。僕は君を使って彼を誘き出す。そのための餌を撒く——でも、彼が来るかは分からない」

　まるで舞台上の役者が決め台詞を喋るみたいに悠々と、サルヴァは己の計画を語る。

「僕の残すヒントに彼は気づくかな？　そしてちゃんと僕の意図通りにやってくるだろうか？」

「ジルは、貴方の思い通りになんかなりません……！」

「ならないならならないで、別に良いよ。そうすれば、予定通り君を使うだけだから」

「ひっ……」

思わず後ずさりするセレインだが、まるで何かに掴まれたみたいに足が動かない。

「さぁ、お喋りはこれくらいにしよう。君にできるのは……王子様がちゃーんと駆けつけてくれるのを祈ることだけさ」

サルヴァが嗜虐的な笑みを浮かべたと同時に、セレインの意識はまるで頭の中に靄がかかったかのように遠のいていく。

「ぁ……ジ……ル………」

「おやすみセレイン。このまま永遠の眠りにならないといいねぇ」

意識を失う最後の瞬間まで、サルヴァの笑い声と、彼の手の甲から放たれる不気味な光が、セレインの脳裏に深く染みついて離れなかった。

第五話「魔人」

「ふあぁ～……」

「大きな欠伸だね、ジルくん」

「いや……昨日あんま眠れなくてさ」

今日も今日とて、相変わらずルミエと並んで第十二研究室へ向かう。

まぁ、先生がいないので、別にわざわざ行く必要もないんだけれど、部屋まで迎えに来てくれたら無下にするわけにもいかない。

「夜更かししたの？」

「ん、まぁ」

「もしかして、セラさんに触発されちゃったぁ？」

「そんなんじゃない」

にやにやとからかってくるルミエから逃げるように視線を逸らす。

ていうか、完全に恋バナを漁る女子の顔になってるぞ、こいつ。

「あんな素直に頑張るって言われちゃったらジルくんとしても黙ってるわけにはいかないよね。うんうん！」

「だから違うって……」

昨日眠れなかったのは、本当に単純に寝付けなかっただけなのだ。

変に息苦しかったり、頭がむずむずする感じがしたり……自分でもそんな繊細な奴じゃないと思ってたんだけど……。

「っ……！」

ずくん、と頭が疼いた。

どうやら朝になってなお、俺の頭は何かを気にしているらしい。

ルミエの言う通りセラのことなのか、それとも……。

「あれ？　なんだか騒がしくない？」

「確かに」

何かざわざわとした声が聞こえ、俺達は顔を見合わせつつ、そちらの方へと向かってみる。

俺達落ちこぼれ組にはすっかり縁遠くなった本校舎前に、生徒達が集まっている。

まるでクラス分けが発表された時みたいな人だかりだ。

ただ、あの時とは違う。

「ジルくん、何これ。なんか、すごく背筋が凍り付くような……」

「……ああ、さすがの俺も感じた。悪い、通してくれ！」

俺は足を早めつつ、人だかりに飛び込む。

集まった生徒達を掻き分けつつ、勘違いであってくれと願いながら――。

「っ……!!」

しかし、その期待が叶えられることはなかった。

生徒達が囲むように見ていたそれは……石畳を砕いて深々と刻まれた紋様だった。

無作為ではなく、明らかにひとつの形を描いたそれを、俺は知っている。

見間違える筈もない。もう二度と、見たくないと思っていたのに。

（この跡、新しく付けられたものだ。おそらく昨日の夜中……）

「……くそっ！」

俺は大馬鹿だ。何が「自分でもそんな繊細な奴じゃないと思ってた」だ！

「あ、ジルくん。どうだった……って、ジルくん!?」

人だかりから出て、ルミエの声を聞きつつ、俺は足を止められない。

いても立ってもいられなかった。今、この瞬間にも、最悪の状況を迎えてしまっているかもしれない。

「……ッ⁉」

そのまま、校門へと差しかかった時——突然、見えない壁のようなものに弾き飛ばされた。

「ジルくん！　大丈夫⁉」

「なんだ、これ。まさかこれもアイツの——」

「いいえ、私です」

淡々とした声。

しかし、この状況においては、その冷静さがどこか癪に障った。

「睨む相手を間違えていますよ。ジルさん」

「リスタ先生⁉　夕方まで戻らない筈じゃあ……」

「異変を感知し、急いで戻ってきたのです。残念ながら間に合いませんでしたが」

「っ……！　それは、学院にいながらアイツの存在に気がつけなかった俺に対する嫌みですか」

「そのような意図はありません」

「そこをどいてください！　大体、なんで昨日に限って不在になんか……まさか、アンタもアイツの――」

「落ち着いて、ジルくん！」

「っ‼」

パシンと、乾いた音が響いたのを認識した時には、涙を浮かべたルミエが目の前に立っていて――遅れて、じんじんと頬に痛みが滲み出す。

「何が起きてるのか、あたしは二人より全然分かってないけど……今のジルくんはただ先生に八つ当たりしてるだけだよ！」

ルミエはそう訴えつつ、両手を俺の頬に添える。

まるで母親が子どもに言い聞かせるみたいに俺の目を見つめ――俺もなぜか目が離せない。

「ルミエ……」

「あたしの目を見て、ジルくん。ただ、じっと、見て」

瞬（まばた）きさえもできないまま、俺は言われるとおりに彼女を見つめ返し続けた。

体の奥から、言い知れぬ熱が湧き上がってくる。何かに全身を縛られ、囚（とら）われるような……。

「ふう……」

ルミエがほっと息を吐き、目を閉じる。

瞬間、こみ上げていた熱が霧散し、頭に上っていた血もすっかり下がりきっていた。

「ルミエ、今のは……」

「えへへ、冷静になった？」

「……ああ。ありがとう」

感じたままを言うなら、まるで彼女に操られているような感覚だった。

けれど、彼女に俺への敵意はない。むしろ俺のために無理をしてくれたみたいで、若干顔には汗が滲んでいた。

「それは……」

「ジルくんがこんなに焦るなんて、たぶんセラさんに何かあったんだよね」

「あたしだってバカじゃないよ。ジルくんがセラさんのこと、すごく大事に思ってるって知ってるもん。だから……冷静に、ね？」

「……ごめん。お前の言うとおりだ」

焦りや憤りが完全に消えたわけじゃない。先生にではない、自分に対する失望も。

けれど、ルミエの言葉はすっと頭に染み込んだ感じがした。

「頭冷えたよ、ルミエ。無理、させたよな」

「ううん、いつものジルくんに戻ってくれて良かったよ」

「先生もすみません。八つ当たりなんてして……」

「いいえ、私が迂闊だったことも確かです。今回の用は、いささか複雑な案件で、誰かが私を誘導するために仕組んだというのはあまり現実的ではありません」

「やっぱり、学院の中の、先生の予定を把握していた誰か……内通者がいるんでしょうね」

リスタ先生の動きを知っていたのは俺達クラスゼロの三人とセラ。そして、おそらく学院の教職員関係者もだろう。

俺とセラは除外するとして、ルミエとレオンは……。

「ルミエさんとレオンさんなら、間違いなく白でしょう。二人の素性は生まれから育ちまで、しっかりと把握していますから」

「えっ⁉　そうなんですか⁉」

「ええ。貴女がなぜ、男子生徒のフリをしなければならないのかも含めて」

「ちょちょちょ⁉　先生⁉」

「もちろん言いませんよ。そして、今回の件とは全く無関係と断言できます」

先生は生まれも育ちも知っていると言った。それを、ここ一週間で一から調べ上げるなんておそらく不可能だ。

つまり先生は最初から二人を……いや、俺も含めたクラスゼロの三人全員を知っていた？　そして、俺達を最初からひとつのクラスに集めるために……。

（いや、そんなこと、今はどうだっていい）

優先順位を誤ってはならない。

セラを助け出す。それを前にした今、先生のことも、内通者捜しも、全部後回しでいい。

「分かりました。なんであれ俺達は後手に回ってしまった……話を前に進めましょう」

「ええ」

「あの、ジルくん。セラさんは……」

「攫われた」

「えっ⁉」

「そうですよね、先生」

「おそらく間違いないでしょう。寮内、いいえ学院内に彼女の姿はありません」

「で、でも、王立学院で誘拐なんて……」

「残念ながら、もう既に一度経験済みだ」

「経験済みって……ええっ⁉　もしかして、ジルくんとセラさんが知り合いなのって

「──」

「その話はまたにしよう。とにかく先生、犯人は前回と同じ──サルヴァという男でしょう」

流れ的にルミエを巻き込んでしまったが、しかたがない。

「サルヴァ……確かその名は──」

「ええ、俺が対峙（たいじ）した魔人です」

まじん、と思わず声をあげたルミエだが、空気を読んで即座に手で口を押さえる。

魔人は伝説上の存在。それが誘拐犯だなんて、きっと現実味のない話なんだろう。

「本校舎前に残されていた紋様は、アイツが『ギフト』……能力を発動した際に、手の甲に現れていたものと全く同じでした」

「その者がそれをあえて残したと？」

「おそらく」

紋章はあくまで手の甲に輝くだけ。ああも大きくハッキリと跡を残したのは、それ自体に意味があったのだと考えられる。

「サルヴァはあえて自分に繋（つな）がる情報を残した。自分がセラを攫ったと分かるように……これは挑発です。奴は俺を誘い出そうとしている」

「貴方を……」

「ジルくん、まさかキミは……」

「ああ、向こうがその気なら乗ってやる」

「危険です」「危ないよ⁉」

二人が同時に止めてくる。そういう反応が来るのは分かっていた。

「相手は魔人。人知を超えた存在です。たとえ貴方が……あえて言葉を選ばずに言いますが、人の枠を超えた特異な存在だとしても、危険であることは間違いありません」

「そう、ですね……俺だって確実に勝てるなんて思っちゃいません」

むしろこの前の戦いでは圧されていた。勝てたのは運命がそう定めていたからだ。

そして、次もそうなるという保証はない。

「であれば、私も――」

「それは駄目です。主導権を握っているのは向こうだ。もしも俺が誰かを連れて行けば、それだけでセラに危害が及んでしまうかもしれません」

「ですが、セレインさんが今も無事だという保証も……いえ、失言でした」

「いや、先生の言う通りです。けれど俺は……セラを守りたい。そのためなら、たとえ罠だったとしても飛び込んでみせます」

「……分かりました」

先生は何か、他に方法がないか悩んでくれていたみたいだけれど……俺が引く気がないと悟って、頷(うなず)いてくれた。

「私に何かできることはありますか？」

「もしも学院内に不審な動きをする奴(やつ)がいたら、その対処をお願いします。それと……セラが攫われたこと、露見しないようにしていただけませんか？」

「前者は承知しました。しかし、後者は……」

「言いたいことは分かります。けれど……俺は必ずセラを助け出し、帰ってきます。サルヴァも……もう二度とこんなことができないよう、必ず息の根を止めます」

「ジルくん……」

「だからお願いします。セラが明日からもこの学院で過ごせるように……先生」

俺は頭を深く下げ、心の底から頼み込む。

昨日セラは俯(うつむ)いていた顔を上げ、輝きに満ちた未来に向かって歩き出した。

もしかしたら、俺が頑張らなくたって、運命が彼女を守っていてくれるかもしれない。

運命を司(つかさど)る神がいれば、俺の姿を見て滑稽だとあざ笑うかもしれない。

けれど、たとえこの先の未来が全て決まっていたとしても——この世界は俺達のものだ。

セラを助け出す。俺も生き残る。そしてまた、昨日までの日常を取り戻す。

俺は運命を否定して……俺の望む未来を手に入れる。

必ず。この手で。

「……もしもセレインさんに何かあれば、それを隠匿しようとした私の罪は免れないでしょうね」

「そうなったら俺も、先生と一緒に罪を背負います」

「そんな決意は必要ありません。貴方は必ずセレインさんを守る。そうでしょう？」

「はい！」

「他のことは全て私に任せてください。貴方は貴方のすべきことだけを見据えてください」

リスタ先生はそう言って——ほんの僅かな笑みを浮かべる。

極めて珍しい先生の無以外の表情……なんて不器用で、最高のエールなんだろう。

「ジルくん……」

「ルミエ、悪いな、なんか面倒な話を聞かせて」

「ううん。あたし、たぶん何も分かってないけど……でも、信じてるから！　ジルくんもセラさんも、絶対、ぜーったい、無事に帰ってくるって！　だから——」

彼女は俺の手を取り、祈るように握りこむ。

そして、

「ジルくん、目を閉じて……！」

「えっ、ルミエ⁉」

あまりに突然な言葉だったが、その意味はすぐに理解できた。

彼女の特性……強化魔法の効果を高める条件を知っていればこそ。

「こんな時に不謹慎だって自分でも思うよ⁉　でも……あたしはジルくんとは一緒に行けない。仮に一緒に行けても絶対足手まといになっちゃうし。それに、先生のお手伝いだって多分無理で……あたしにできるの、きっとこれだけだから」

ルミエはそう自虐するようなことを言いつつ、真っ直ぐ俺を見つめてくる。

（いや、自虐なんかじゃないか）

ルミエにとってもセラは既に大事な友人だ。是が非でも助けたいと願っている。

だから彼女は冷静に自分のできることを考えて、選んだ。

「ちゃんと、言うね。あたしの強化魔法が真価を発揮するための条件は、対象者とキスをすること。あたし達の一族に、血に受け継がれてきたこれを、あたし達は『ベーゼラクト』って呼んでるの」

「ベーゼラクト……」

聞いたことのない、少なくともゲームには存在しなかった言葉だ。

けれどその効果は体験済み。疑う余地はない。

「あたしはまだ未熟で、練習でお母さんにしたくらいで……男の子となんて、初めてだけど」

「だったら、気持ちだけで十分——」

「ううん、ちゃんとやる！　だって、もしここで妥協してさ、それで足りなくて……最悪の状況になっちゃったら、後悔したってしきれないもん」

「ルミエ……」

「だから……ジルくん。目を閉じて」

もう彼女に動揺はなかった。

どこか圧さえ感じる言葉に、俺はもう何も言い返せず、言われたとおりに目を閉じる。

「どうか……お願いします」

真っ暗な世界で、ルミエのか細い祈りが聞こえた——直後、

「ん……」

頬に柔らかいものが触れた。

……。

……？

「えへへ、もう目、開けていいよ」

ルミエが少し照れくさそうに囁く。

「あ、ああ……」

それに俺もぎこちなく頷きつつ、

(完全に、口にされると思ってたぁぁぁああ!!)

ものすごい羞恥に襲われていた!!

だって、ルミエ、完全にそんな雰囲気だったし！　それくらいの緊張感あったし！

でも、冷静に考えれば、口へではなく頬へであっても、確かにキスはキスだ。

「大丈夫、上手(うま)くいったよ！　あたしの魔法はちゃんとジルくんの中に染み込んだ。必ずキミの意志に反応して、力になる筈(はず)だから！」

ルミエはそうもじもじと、照れを誤魔化すみたいに若干早口に言う。

なんというか、ルミエはたとえ頬へのキスであっても、つい顔を真っ赤にしてしまうほど、かなりの初心だったらしい。

でも、なんだろう。そんな彼女がどうにも気になって、目が離せない。

（ルミエを強制的に意識させられている……？　これも『ベーゼラクト』の効果なのか？）

いや、今考えるのはよそう。ルミエは「上手くいった」と言ってくれたのだから。

「ありがとう、ルミエ。お前の力、当てにさせてもらう」

「うんっ！」

「終わりましたか」

「ひゃあっ⁉　せ、先生⁉」

リスタ先生に声を掛けられ、驚くルミエ。正直、俺もすっかり忘れていた。

「ご安心を。私は気を遣える大人ですから。丁度これを取りに席を外していました」

リスタ先生はそう言って、鞘に入った刀――アギトを手渡してくる。

「勝手に部屋に入ったことについては……まぁ、謝罪の必要はないですね？」

「は、はい。ありがとうございます」

学院内では基本、自前の武器は携帯していない。

もしもルミエもリスタ先生も止めてくれなかったら丸腰で乗り込んでいたことになる。

（つくづく助けられているな、俺は）

頂点に立つ者、『最強』なんて呼ばれるにはまだまだほど遠い。

けれど、だからこそ俺を支えてくれる人達の存在を感じられる。

背中を押された分だけ、確実に前に進むことができる。

「ジルくん、信じてるよ。二人が帰ってくるの、信じて、待ってるから!」

「ご武運を」

「ああ……‼」

二人からのエールをしっかり受け止め、俺はセラ救出のために走り出した。

◇◇◇

王立学院を出て、ストーリアの町を抜け——俺は以前セラと抜け出した、あの古代遺跡へとやってきていた。

サルヴァが俺に残したマーク。そこには場所の情報は一切なかったが、そもそも俺と奴の間にはここしか共通する場所はない。

(静かだ……不気味なくらい)

以前ここに巣くっていた盗賊達は誰一人残っていない。

その後、魔物が住み着いたかもと思っていたがそれもない。

ただただ静寂が、妙に重たく冷たい空気だけが、この遺跡を満たしていた。

（……いる。確実に、ここにいる）

魔力の流れの察知なんて俺にはできないが、これはそんなものとはまったく違う。

肌を刺すような鋭い殺気――それが遺跡の奥から流れ出てきている。

俺は長く暗い遺跡内の通路を、ただひたすら進み続けた。

あっという間に、以前俺達が捕まっていた場所を過ぎた。

さらに奥へ、地下深くへと延々と降りていく。

「セラ……」

彼女が心配だ。

進むにつれて、感じるプレッシャーも強くなっていっている。

おそらくサルヴァが待ち構えるのはこの古代遺跡の最奥(さいおう)……そして、それはもうすぐそこだ。

腰に差したアギトに手を触れつつ、俺は深く息を吐く。

（冷静になれ）

そう自分に言い聞かせ――俺は、古代遺跡の最奥に足を踏み入れた。

そこは、まるで何かの祭儀場のように広くくりぬかれた空間だった。

外周にはかがり火が焚かれ、地下深くとは思えないほどに明るい。

中心には円状に開けた広間があり、それらを囲むように四方に何かの影像が立っている。

そして、広間を挟んだ向こう側には何か祭壇のようなものが設けられている。

「面白いところだろう？　ここはかつて、神への生け贄を捧げるために造られたんだって」

「……っ⁉」

「やあ、久しぶり……ってほどの時間が空いたわけじゃないか。会いたかったよ、ジル」

サルヴァは悠然と、祭壇の上の台座に腰を掛けていた。

その外見は、以前出会った時とはまるで違う。

顔や腕にはまだ生傷が残り、右腕もなくしたままだ。

けれど……ボロボロな外見とは裏腹に放つ気配は以前よりもずっと濃くなっている。

決して気は抜けない。

「ああ、俺もだ。サルヴァ」

「へぇ、君も僕に会いたかったんだ？」

「死ぬほど後悔したからな。あの時、お前を仕留められなかったことを」

正確には、追い詰めたのは俺でなく『ジル・ハースト』だが、余計なネタばらしをする必要はない。

強気に、それでいて決して逃がさないように、俺はサルヴァを睨み付けつつ広間へと続く階段を降りる。

「セラはどこだ」

「そんなに王女様が大事かい？」

「どこだ」

「そんなに怖い顔をしなくても。ほら、あそこだよ」

サルヴァは愉快げに笑ったまま上を指した。

見上げると、何かロープのようなもので拘束され、天井付近に吊されたセラの姿があった。

「っ……セラ！」

呼びかけに反応はない。この距離じゃ無事かどうか確認できない……！

「眠っているだけで、ちゃんと生きてるよ。怪我ひとつ……は、分からないけれど、まぁせいぜいあって擦り傷ぐらいだから、命にも別状はない。ちゃんと割れ物のように、丁寧に扱ったからね」

「………」

「ははは、感謝で言葉も出ないかい？」

「ふざけるな」

「酷いなぁ。別に僕は彼女に何をしたって良かったんだ。四肢をもいで逃げられなくしたりさ。発注は、『生きて捕らえる』だからね」

発注。

魔人であるサルヴァも自身の欲望だけで動いているわけではなく、彼にセラを攫うよう依頼した者がいる。

そいつが……そいつこそが、セラ達の……！

「さぁ、ジル。おしゃべりはこれくらいにしよう」

サルヴァは一方的に話を打ち切り、立ち上がる。

その口元はまだ笑みを浮かべていたが、声は今までより低く、威圧感を含んでいた。

「僕は好物を最初に平らげるタイプでね。この時のために、僕自身危険な橋を渡ったんだ。そろそろ我慢も限界だ」

サルヴァはそう言いつつ、纏っていたマントを剝ぎ取る。

全身についた傷、そして露わになった右腕の切断面——どう見たって満身創痍な姿だが、彼から放たれる気配はまったく逆。

「っ……」

思わず生唾を飲み込んでいた。

圧倒的な死の気配。間違いなく、これまでの人生の中で最も濃い。

「あの日、僕は君に殺されかけた。圧倒的な力、思い出すだけで震えるほどの狂気。まさか人間相手にそんなものを感じることになるなんて思ってもいなかった」

「プライドが傷つけられたってか？」

「そうだね。ズタボロだよ。けれど時間が経てば経つほど、別の感情が膨らんでくるんだよ」

「別の感情……？」

「どうして本気を出さなかったのか、さ」

サルヴァは祭壇から広場へと続く階段を、一歩一歩踏みしめるように降りてくる。

まるで舞台役者のような優雅さだが、それに恥じない存在感を放っている。

「いや、正しくは『出せなかった』か。僕達魔人は特別な力を持つが、その全てを無条件に発揮できるわけじゃない」

当然のように正体をバラしてくるが、もう隠す必要がないのだろう。

奴はここで、俺との決着を完全に付け切るつもりらしい。

「ここは神殿なんだよ。今は忘れ去られた、強大な神を讃え崇める為のね。時代の移り変わりの中ですっかり忘れ去られ、廃墟となってしまっているけれど、刻まれた人々の思い――願いや呪いは今も尚ここに渦巻いている」

いわゆる怨念……どうりでさっきからじめじめとした重苦しい感じがするわけだ。

「そしてそれこそが、僕に与えられた、魔人としての真の力を引き出す条件を満たしてくれる！」

瞬間、冷たい風が俺の頬を打った。

（いや、違う。こんな地下深くに風が吹き込む筈がない）

広間の床に、紫色の光が浮かび上がる。

それらは何かの模様――魔法陣を描き出し、同時に黒色の風を巻き起こし始めた。

「視認できるほどの風……いや、魔力の奔流⁉」

「この全てが僕の力になる‼」

魔法陣から噴き出した黒い魔力が、サルヴァの全身を包み込む。

まるで台風の只中にいるかのような凄まじい風圧が放たれ、俺は吹っ飛ばされないようその場に踏みとどまるしかできない。

（マズい……！）

この力。この変容を俺は知っている。

なんたって、前世で何度も見て、何度も熱鉄を飲まされたのだから。

「フハハ……なるほど、コレは確かに凄まじいな」

黒い嵐の向こうから声がした。

先ほどまでの少年らしいものとは違う、重厚感のある、くぐもった感じの声色。

「さぁ、ジル。借りを返させてもらおう」

魔力が弾け飛び、その向こうに立っていたのは――先ほどのサルヴァとはまったくの別物だった。

全身を覆う、ゴツゴツとした鎧のようなものを纏っている。

鈍重なヘビーアーマーではなく、しなやかで美しくも禍々しく――その姿は正に、

『魔王』……」

「博識だね。それとも当てずっぽうかな？」

「っ‼」

その声は後ろから聞こえた。

背筋が凍る感覚。俺はそれを知覚した瞬間、その場にしゃがむ。

――ズアッ‼

直後、先ほどまで俺の胴があった場所を漆黒の刃が通り過ぎた。

空気を切り裂く音が聞こえるほどに凄まじい剣圧を感じながら、俺はとっさに前方へと飛び込んで大きく距離を取りつつ、振り返る。

サルヴァの手にはいつの間にか、全身二メートルほどの大剣が握られていた。

あれも奴の変身に伴うものだろうか……柄から刃まで全て漆黒に染まっている。

以前握っていたナイフとの違いはリーチと威力が上がった代わりに取り回しが悪くなったことだろうけれど、後者のデメリットに関しては変身――『魔王化』のおかげで解消されているだろう。

「上手く躱したね。良かったよ、ただの挨拶で死なれたら拍子抜けもいいところだ」

「不意打ちしておいて、随分偉そうな言い方だな」

「不意打ちなんてとんでもない。言ったろう、挨拶だって。挨拶は出会い頭に突然するものだ」

サルヴァはそう言い、指で「かかってこい」とジェスチャーをする。

「お返しをどうぞ。挨拶には挨拶を返すのが礼儀だろう」

「………」

安い挑発だが、はい分かりましたとバカ正直に突っ込むわけにもいかない。

『魔王化』とは『ヴァリアブレイド』にて対峙した一部の魔人が使っていた技だ。

単純な身体能力の増強はもちろんのこと、魔人が持つギフトの性能も飛躍的に上昇する。

その力を分かりやすく言うならば初見殺しだ。

速く、強く——最初は何が起きてるのかも理解できないまま、あっという間にゲームオーバーに追い込まれてしまう。

何度もリトライして、自分なりの攻略方法を構築していって——幾度かの挑戦を経てようやく勝てる強敵。

それが『魔王』なのだ。

(……なんてのはゲームの話。今目の前にある現実においては、リトライなんて当然存在しないんだ)

初見殺しだろうがなんだろうが、殺されてしまえばそれで全てが終わってしまう。

慎重すぎるくらいにじっくり相手の動きを見極め、確実に……。

(……いや、違う)

これはゲームじゃない。

お決まりの行動パターン、明確な隙、攻撃のチャンスなんてものは用意されちゃいない。

それにセラの状態も気になる。ただ眠っているだけなのか、それとも何か呪いのようなものを掛けられ今も蝕まれていっているのか……ここからでは判断がつかない。

ならば……！

（急いで決着をつける。そのために……ルミエ、力を借りるぞ）

深く息を吐く。

たとえサルヴァが魔王化し、以前戦ったときより遥かに強大な存在になっているとしても、及び腰ではいられない。

全身に魔力を巡らすと同時に、ルミエが俺に植えた強化魔法の種が芽吹いたのだろう。魔力と共に熱が広がっていくのを感じる。

氷竜と戦った時と同じ――いいや、明らかにそれ以上の力。

「行くぞ……！」

無意識にそう口に出しつつ、俺は思いきり地面を蹴り抜いた。

アギトは鞘に収めたまま、サルヴァに向かって一直線に駆ける。

「ははは！　来い、ジル‼」

正々堂々。正面突破。

どちらもお姫様を救う正義のヒーローらしい行為だ。

そしてサルヴァもそう受け取っただろう。大剣を正眼に構え、俺を待ち受ける。

奴の攻撃範囲に入った瞬間、俺はもう一段スピードを上げた。

さっきまでは大体70％。そして今は１００％の加速を以て、瞬時に背後へと回り込む。

「何っ⁉」

サルヴァが驚きの声を漏らす。

事実、今奴の視界からは俺が消えたように見えた筈だ。

フェイントと緩急――この世界のものではない、立ちはだかる敵を躱し抜き去る、『スポーツ』によって確立された前世由来の技。

（俺はヒーローじゃない。勝つためにできることはなんだってする！）

背後を取ったと同時に俺はアギトを抜き放ち、サルヴァの首へと振り抜く。

姿形が変わっても、同じ人型。弱点だって同じ筈。

（今度は躊躇しない。このまま首を切断してやる――ッ⁉）

――ギンッ‼

アギトがサルヴァの首に食らいついた、瞬間。

金属に似た硬い感触を受けて弾かれてしまう。

「ぐ……⁉」

（……今だ‼）

「へぇ、速いね。もしかしたらあの時よりも」

完全に不意を打ったのに、動揺に呻いたのは俺で、サルヴァは余裕を見せている。

(想像以上に装甲が硬い。スピード重視の軽い一撃じゃ痒くもないってことか)

「ははっ。律儀に後ろからお返ししてくれるとは。けれど……効かないよ！」

「っ！」

サルヴァが大きく大剣を振るう。

大振り故に見切るのは容易いが、いくらアギトでも真っ正面から受ければへし折られかねない。

躱すしかない、けれど……！

――ズバアッ!!

「くそっ！」

ギリギリで回避をしても、圧倒的質量と力による風圧までは避けきれない。

もしも中途半端に体勢を崩してしまえば、追撃を受けてしまう。

だから避ける時も大きく、確実に――そのせいで反撃の隙を突けない。

(力の差をまざまざと見せつけられているみたいだな……)

速さで勝っていてもダメージが通らねば意味がない。

サルヴァにプレッシャーを負わせることもできず、ゆったりと対処するだけの余裕を与えてしまう。

むしろ焦(あせ)るのは俺の方だ。

（セラ……）

こんなんじゃ彼女を助けられない。

一秒でも早く、彼女を助けなくちゃいけないのに……‼

「つまらないな」

「……！」

「僕がわざわざリスクを冒してまでこの場を用意したのは、そんな君と戦うためじゃない」

リスク……やはりこれはサルヴァの独断ということか。

サルヴァはたった一人で行動しているわけじゃない。

彼が魔人で、魔人が『ヴァリアブレイド』に描かれた通りの存在であれば、仲間や上位者がいる。

セラを攫(さら)ったのも、彼個人ではなく、組織としての目的があったからだ。

そしてそのセラを餌に個人的な目的を果たそうとするのは、許されないことなのだろう。

「僕が求めるのは、あの日の君だ。絶対的な力。圧倒的な殺意。まるで人間とは違う何かと対峙したかのような気配、恐怖……あれを乗り越えるために僕はッ‼」

ビリビリと、サルヴァの怒りで空気が震える。

サルヴァが求めているのは、あの時奴を追い詰めた俺――『〝設定上最強〟とまで呼ばれる本来のジル・ハースト』だ。

おそらく彼にとって初めて出会った脅威。自分を完膚なきまでに叩き潰そうとする上位者。

それが存在することさえ許せないのか、それとも自らの力を試してみたいのか――そのどちらであっても、俺には少し共感できる。

（けれど……）

俺はアレの本質に触れてしまった。

アレは絶対的な力などではない。

勝つべき時には必ず勝つ。けれど、負けるべき時には必ず負ける。

まるで運命の奴隷だ。

（このサルヴァとの戦いが勝つ定めかどうかなんて分からない。俺は『ジル・ハースト』のほんの僅かな情報しか知らないのだから……）

『ジル・ハースト』の力を以てすれば、たとえ魔王化したサルヴァにだって難なく勝てるだろう。

でも、それは勝つ定めの場合だ。

『最強』、『第三王女の護衛』……立っていないフラグはまだある。

でも、だから必ず勝つなんて保証があるわけじゃない。

レオンとの模擬戦みたいに、負ける可能性は存在するんだ。

なぜなら俺は、『ジル・ハースト』が『ヴァリアブレイド』が始まる前に魔人と邂逅していたなんて知らない。

サルヴァなんて名前、ゲームには出てこなかった。

(この戦いの結末も、ゲームで描かれた未来まで続く道筋も、何も知らないいんだ。俺は‼)

改めて崖っぷちに立たされたような感覚になる。

それでいて、目には見えない、いつ落ちるかも分からない橋を歩かされているような、そんな真っ暗な——

「ぼうっとしている場合かい？」

「く……！」

再び迫る漆黒の刃を大きく後ろに跳んで躱す。

サルヴァの言う通りと認めるのは癪だが、今はまさに殺し合いの真っ最中だ。のんびり考えている余裕はない。

（運命に身を委ねるか、どうか……）

アレの引き出し方はもう三回も体験し、摑みかけている。

今回も、すぐ傍にあの存在を感じる。俺が体を託せば、『ジル・ハースト』は表出するだろう。

「さぁ、ジル。本気を見せろ」

「っ……！」

もう遊びはいいと、サルヴァが殺気を放つ。

「もしも君がこのまま腑抜けた姿を見せ続けるなら……そうだな、もっと生け贄が必要ってことだ」

「生け贄……？」

「お姫様だけじゃ物足りないって言うんだろう？　だからさ……ちょっとばかし、薪を足してやろうと思ってね。たとえば、君の通う王立学院の生徒とか」

「っ‼」

「ふふっ、良い表情をするねぇ。友人の一人でもできたかな？」

実にありふれたベタな脅し。

単純で、明快で、だからこそ容易にその画が頭に浮かんでしまう。

「以前君が指摘した通り、僕はあのお姫様は殺せない。けれど、他の人間は違うんだよ。もしかしたら学院にも君以上の手練れがいるかもしれないけれど……そいつに出会うまで、一体何人が犠牲になるかなぁ」

「ぐ……そんな目立つ行動、取れるはずがない！」

「ははは。僕が彼女をこっそり攫ったのは、あくまで努力義務ってやつさ。姿を晒し、大暴れしたって僕的には問題ないってことは、君をここに呼びつけた時点で察せているだろう？」

こいつは本気だ。おどけたような口調だが、ただ真実だけを語っている。

そう確信できてしまうことに背筋が凍る感覚を覚えた。

止めなければ。

そう思った瞬間、俺は再び、無策のままサルヴァに突っ込んでいた。

「させるかってぇ⁉」

愉快げにサルヴァが吠える。

応手は完璧。むしろ不用意に突っ込んだ分、こちらが格段に分が悪い。

「ぐ、うあっ⁉」

刃はあっさり弾かれ、反撃に脇腹を裂かれる。

ギリギリ急所は逸らしたが、浅いとは言えない傷につい声を漏らしてしまう。

「自暴自棄になったって駄目さ。僕は君の無様な悲鳴を聞きたいんじゃない」

「くそ……！」

駄目だ。このままでは勝てない。

（やるしかないのか……⁉）

結果がどうなるかは分からない。

けれど、魔王化したサルヴァを倒すには、他にはもう、何も……！

――ジルくん、信じてるよ。二人が帰ってくるの、信じて、待ってるから！

――ご武運を。

「あ……」

弱気になった俺の脳裏に、二人の声が響く。

ルミエ。リスタ先生。

二人は俺を信じ、送り出してくれた。

そしてきっと今も、それぞれにできることを全力でやってくれている。

そんな彼女達に応えるには……そして、

──私は、大丈夫です。ありがとう……守ってくれて。すごく、嬉(うれ)しかった。

もうあんな顔を、彼女にさせないためには……！

「……ああ、そうだな」

「ん？」

「お前の言うとおりだ、サルヴァ。自暴自棄になったって、お前は倒せない」

俺を死へと誘い込もうとする運命に我が身を委ねることは、俺という存在の死を意味する。

それこそ、自暴自棄。良い言葉を使ってくれる。

「だから……お前を喜ばせる戦いはしない」

「ふぅん。じゃあ僕は宣言通り──」

「俺は俺のまま、お前を殺す。どこにも行かせやしない」

アギトを正面に構え、改まって口上を切る。

そんな俺に、サルヴァはどこか意表を突かれたみたいに脱力した。

「君が……そのままで？」

嘲るように失笑するサルヴァ。

けれど、いい。これ以上言葉を尽くすつもりはない。

ここは殺し合いの場……振るうべきは力。見せるべきは覚悟だ。

「はああっ‼」

強く叫び、己を奮い立たせつつ、サルヴァに向かって駆ける。

先ほどは緩急によるフェイントで欺いたが、今度は最初から全速力だ。

（行くぞ……！　ルミエから託された想い（おも）は、まだまだこんなものじゃない！）

彼女にかけてもらった強化魔法（ベーゼラクト）――これはかなり特異なものだ。

未熟を自称する彼女に、容赦なく、用量度外視で注ぎ込まれたこの力に対し、俺は無意識に、自分への負担が軽くなるようにセーフティーをかけていた。

（けれど、もうそんな必要はない。たとえ体が焼かれても……俺は、俺の意志で以て（もっ）戦う！）

俺は自身の中に埋め込まれた強化魔法（ベーゼラクト）を、風船を破裂させるみたいに、全解放する。

瞬間、凄まじい（すさ）熱が全身を駆け巡った。

それは痛みにも、快楽にも似た感覚で、俺の体を内側から裂こうと騒ぎ――同時に強い力を与えてくれる。

俺は勢いのまま、アギトをサルヴァへと叩きつけた。

「喰らえッ‼」

──ギイィィインッ‼

攻撃はサルヴァが盾のように構えた大剣に防がれたが──。

「なにっ⁉」

構えただけでは威力を殺しきれず、サルヴァのガードが僅かに崩れる。

「ここだっ！」

力任せに作った隙。

俺はアギトを一瞬引き、その隙目掛けて突きを放った。

いくら装甲が硬かろうと、アギトだってなまくらじゃない。

この距離、これだけの溜めをもらえさえすれば、どんなものだって！

「ぐうっ‼」

サルヴァが怒りを滲ませ、呻く。

確かな手応え──けれど同時に、

「っ⁉」

ぞわっと、首筋に鳥肌が走り、俺は咄嗟に攻撃を中止し後方へと距離を取った。

直後、先ほどまで俺がいた場所に黒く鋭いつららのようなものが何本も突き刺さる。

大剣のような実体のあるものじゃない。むしろ、魔法に近いそれは……。

「ギフトか！」

魔人が持つ特別な力。ユニークスキル。

たまらず切り札を切ってきたか。

「ふはは っ！　少し驚いたけれど、足りないよ、ジル！　僕の欲求を満たすにはねぇッ！」

体勢を立て直し、今度はサルヴァの方から距離を詰めてくる。

（いや……！）

再度走った嫌な気配に、俺もすぐさま地面を蹴る。

その直後、再び黒い棘が、俺がいた場所から突き出してきた。

判断が遅れていれば串刺しにされていた……けれど、安心はまだできない。

「ハハハッ‼」

「ぐっ……！」

共に前に出た結果、俺達は互いに刃を打ち合う形となる。

相手は大剣。今度は勢いも付いている。

（僅かでも引けば押し負ける！）

――ガキィン！

俺も、サルヴァも、互いの力を己が刃に託し――奇しくもそれは、鍔迫り合いという形で拮抗した。

「へぇ。加護……いや、呪いの類いか」

「さぁな」

刀と大剣をぶつけ合えば、当然刀が不利だ。

けれど、ルミエにかけてもらった強化魔法のおかげで俺とサルヴァの能力差は埋まった。

そして……このアギトは特別製だ。

アギトの素材となった鉱物は、魔力を吸い強度を増す性質を持っている。

俺自身が強化されることでアギトも強くなる。

「そう簡単には折れないぞ」

「みたいだねぇ！」

サルヴァが楽しげに笑うのを見つつ、俺は一瞬さらに力を込めて押し込み返し、直後バックジャンプした。

（くそ……厄介だな）

再び、俺を貫こうと地面から黒い棘が突き出る。

前回戦ったときはナイフを投げたり、俺のアギトを奪ったりする程度の能力だったが、魔王化による影響だろう、ギフト自体が実体と殺傷力を有するようになっている。

サルヴァはこれを自在に操り、自身の攻撃とは別軸で俺に攻撃を仕掛けてくる。しかも遠距離攻撃も可能。

さらにギフトによる攻撃には、サルヴァの動きと連動した前兆がない。

躱せているのはほぼ勘だ。

一番具体的に言うならば『嫌な予感がする』から。

これがルミエに強化してもらって偶発的に得たものか、俺自身に備わっていたものかは分からないが。

とにかく、今は……。

——ギンッ！　ガギンッ！

「つぅ……！」

「どうした、ジル！　ずいぶんと苦しそうじゃないか！」

この状況をなんとかしなければ。

剣の打ち合いに関しては互角まで持って行けている。

しかし、ギフトがチートすぎる！

（……！）

ぞくっとした感覚に咄嗟に飛び退く。

「中々察しがいいじゃないか！」

「っ……！」

当然すぐさまサルヴァが追撃しに詰めてくる。

それをなんとか防ぎつつ、しかし防ぐので精一杯だ。

（ギフトをなんとかしないと何も始まらない……！）

サルヴァの硬い装甲を越えて奴へと刃を届かせるチャンスは、そう何度もないだろう。

いや、残されていないというべきか。

「ぐう……！」

「どうした、苦しそうだな？　体力の限界か？　それとも……掛けられた呪いのせいかな」

その煽りを否定できないほどに、俺の体は強い痛みを感じていた。

ルミエにかけてもらった強化魔法。その効果は絶大で、魔王化したサルヴァとも対等に渡り合えるほどの力が秘められていた。

けれど、全くノーリスクだなんて話、あるわけがない。もしもそうならルミエが学生をやっている意味が分からなくなる。

過度な強化に対する揺り返しで、全身がひび割れるような、強烈な痛みを発している。

もしも、これが『ジル・ハースト』の身体でなければ、とっくに壊れていたかもしれない。

ただ何にしたって、このまま膠着状態が続けば、いつか痛みに飲み込まれるだろう。

この魔法が特効薬から猛毒に変わってしまう前に……！

（考えろ。ある筈だ。あのギフトにも、何かカラクリが）

俺は『ヴァリアブレイド』で何度も魔人と対峙してきた。

魔人の持つギフトは確かに強力だ。けれど、万能じゃない。

必ず攻略法はあるんだ。たとえ初見殺しだとしても。

（考えろ。考えろ。考えろ……！）

サルヴァの攻撃を防ぎながら、ギフトによる不意打ちを躱しながら……とても考えるのに適した環境ではないけれど、それでも必死に答えを探す。

「どうやってか、僕のギフトを察知するのには恐れ入るよ。けれど、守ってばかりじゃあ君の大切なお姫様は助けられないよっ！」

「ぐ、うぅっ！」

俺の事情なんて気にせず、サルヴァは手を緩めない。

「威勢が良いのは最初だけで、また守り一辺倒かい？　今からでも、あの時のように本当の君を見せてくれたっていいんだよ？」

あの時の、俺。

そうだ。あの時の俺──『ジル・ハースト』はサルヴァのギフトをどう躱したんだろう。

サルヴァのギフトに捕らわれ、万力のような力で押し潰そうとしてきたアギトを、『ジル・ハースト』はあっさり躱した。

そして、

──は、弾いただと……僕の、ギフトを……⁉

そう呆然とサルヴァが呟いた、その直前。

眩い光が走り、サルヴァに操られていた筈のアギトが『俺』の手に……。

「あ……」

『ジル・ハースト』がサルヴァのギフトを破り、アギトを取り返せた理由。

宙を躍るナイフ、黒い棘、そして──『ジル・ハースト』がトドメを刺そうとした際、サルヴァが消えたこと。

断片的だった情報が、一つの線で繋がり形になる。

(そうか、サルヴァのギフトの正体は……！)

「おや？」

俺はサルヴァと打ち合った際の衝撃に乗って、わざと大きく後ろへ吹っ飛ばされた。

一旦距離を空けるためというのもあるし、何より、

(……来た！)

サルヴァが俺に一呼吸を置かせる筈がない。

すぐさま足下から悪寒を感じ、俺は一歩後方へ跳ぶ。

直後に黒い棘が地面から突き出て、目の前を覆い尽くした。

(壁状に⁉　そう来たか……！)

俺が後方に避けることを読んで、今までよりも巨大な棘を発生させブラインドにした。

この向こうからはサルヴァが迫ってきている筈——好都合だ。

(俺の辿り着いた解が正しいなら——)

俺はアギトを引いて構え、サルヴァを待ち受ける。

ギフトによる攻撃はともかく、サルヴァ自身はしっかり気配を放っていて、たとえ壁越しだって見失ったりはしない。

(これは賭けだ。けれど——やってみせる！)

サルヴァの気配が目の前まで迫った、このタイミング。

俺はアギトを、目の前に迫り出す黒壁に向かって思い切り振り抜いた。

──キィン……！

アギトの刃が白く輝き──いとも容易く、黒壁を切り裂いた。

「な……!?」

刃はギフトを突き破り、その先にいたサルヴァにまで届く。

俺の魔力をたっぷり吸った極上の一撃だ。今までの攻撃とはワケが違う。

確かな手応えと共に、サルヴァの胸を引き裂いた。

「ジル、貴様──」

「まだだっ！」

サルヴァは動揺している。

ようやく摑んだチャンスだ。逃すわけにはいかない‼

「はあああああっ‼」

俺は剣を振り抜いた勢いをそのままに捻転。

隙だらけの胸──心臓目掛けて全力で刃を突き刺した。

◇◇◇

生まれつき、俺はどうにも魔法の扱いが苦手だった。

異世界の言語の習得や、魔力という概念への理解はあっさりできたのに、どうしたって

その魔力を魔法という力に変換する感覚だけはさっぱりだった。

(できないなら仕方がない)

なので、俺は早々に諦めることにした。

魔法に対する憧れもありつつ、それでもあっさり諦められたのは、師となる親父(おやじ)が魔法

よりも武技に精通していたことと、俺自身に剣の才能があったからだ。

この世界において、戦闘能力という面で見れば、魔法も武技も同じくらいに評価されて

いる。

環境的に、とにかく少しでも早く強くなることを求められた俺にとって、わざわざ苦手

な魔法に時間を掛ける余裕なんかなかったのだ。

「魔法を学びたい？」

そんな俺が心変わりしたのは、奇しくもサルヴァとの一戦があったからだ。

あの時、『ジル・ハースト』が使った閃光——あれは間違いなく魔法だった。

つまり、『ジル・ハースト』は魔法が使えたのだ。ただ俺が使い方を知らないだけで。

「……ふむ」

対し、リスタ先生は顎に手を当て、黙り込んでしまった。

相変わらずの無表情ではあったが、なんとなく困っている感があった。

「試してみるのはいいでしょう。もちろん、私もできる限りの指導はします。……ですが、予めお伝えしておきましょう」

先生は言い聞かせるようにゆっくりと、単刀直入に断言した。

「ジルさん、貴方に魔法を扱う才能はありません」

随分ハッキリ言われてしまったけれど……正直、先生の言う通りだろう。

「貴方の適性属性は希有で、扱いも難しいとされています。大成している魔法使いは幼少の頃から高度な教育を受け、さらにその中でも一握りの天才のみなのです」

一握りの天才という言葉に、一人の少女の顔が頭に浮かぶ。

「そして、もう一つ。難しいと思われる理由は、貴方の剣術にあります」

剣術？

先生の言葉を反芻しつつ、持っていたアギトへ視線を落とす。

「貴方の剣術は実に美しい。魔力伝達に優れたその刃に、無駄の一切ない透き通るような魔力を巡らし、技を放つ……それこそ幼い頃からの鍛錬と生来の才能がもたらした奇跡の業と言えるでしょう」

先生は淡々と、思わず顔を覆いたくなるくらいのべた褒めをかましてくる。

直前で容赦なく『魔法の才能がない』と断じた彼女だからこそ、この褒め言葉も裏表がないものだと分かって、余計に……。

「この無駄の一切ない、というのが肝なのです。おそらく呼吸をするかの如く、無意識のうちにそれを行っているのでしょう。もちろん素晴らしいことですが、魔法を操るという観点から見た時、あえて悪く言うのであれば、貴方はその魔力コントロールに慣れすぎてしまっているのです」

俺は武技を修める課程で、今の魔力操作を体に染み込ませてきた。

けれど、武技に不要な不純物を取り除く中で、同時に『コントロールの難しい属性』という要素も取り除いてしまっていたらしい。

つまり、魔法を扱えるように鍛錬しなおすには、それらを是正——即ち、今まで歩んできた道を逆走することが必要になるのだという。

「魔法を習得するのであれば、今ある長所を失う危険性が非常に高い。よって、私はおすすめしません」

これについては俺も同意見だった。確実に崩れる予感しかしない。

俺は、未だ魔法への未練を燻らせつつも、煙ごと箱にしまって頭の隅に追いやろうと決めた……その時、

「ですが、『抜け道』はあります」

先生は、そう口にした。

その意味も、意図も読み取れない俺を見る先生は、無表情なのにどこか楽しげに見えた。

◇◇◇

初撃で裂いた傷口と、心臓のある左胸が重なるポイントめがけて、アギトを突き刺す。

「はああああああっ‼」

「ぐうううううう⁉」

肉を刺す感触。そして苦悶に歪むサルヴァの声。

(この確かな手応え……！)

ようやく届いた。

ゲームの知識を繋ぎ合わせ、サルヴァのギフトの正体を暴けたこと。

ルミエに強化魔法を付与してもらっていたこと。

リスタ先生にヒントをもらっていたこと。

それと、自身より体格の優れた強敵との対人戦を、レオンとの模擬戦で体験できていたこと。

王立学院に来て得たものがなければ到底辿り着けない、薄氷を踏むように辿り着いた結末ではあるが――。

「……俺の勝ちだ」

そう言い放ち、胸を掻き裂くようにアギトを引き抜く。

傷口から人間とは違う、青い血が噴き出した。

「ぐ、ふぅ……まさか、ギフトごと断ち切られるとは……」

「お前のギフトの正体は『影』だ」

膝をつくサルヴァに刀の切っ先を突きつけつつ、俺は辿り着いた答えを口にする。

サルヴァのギフトは影を操る能力だ。

もちろんただ動かすだけじゃなく、質量を与えて物体へと干渉させられる。

また、おそらくは自身を影へと溶かして身を隠すこともできるのだろう。これについては前回、最後にサルヴァが突然消えたことからの逆算だが。

決め手となったのは、俺――じゃなく、『ジル・ハースト』がアギトを取り戻した時のこと。

ナイフを操り、『ジル・ハースト』の足止めをしていたサルヴァは、その不意を突いてアギトを背中から突き刺す魂胆だった。

しかし、『ジル・ハースト』はそれを予見し、背後に目を向けることなく、魔法を使って影を弾き飛ばし、アギトを手中に収めた。

俺が使えない魔法を、『ジル・ハースト』が使用できたことは……もう、驚くのも馬鹿馬鹿しく思える。

そして、その影を掻き消した魔法こそ――。

「まさか、魔王化してなお、ギフトを打ち消されるとはね……」

「ツイてなかったな。俺の適性属性は『光』なんだ」

光は影を掻き消す、謂わば天敵。

口ぶりから、サルヴァも前回で気が付いていたのだろう。

「ふふ……そんなことはないよ。光は影を際立たせる……相性は最高さ」

力なく笑うサルヴァ。

虚勢か、魔人故の自信か……決着が付いた今となっては、もうどちらでも関係ないか。

(事実、俺が勝てたのは運だ。もう一度があれば、どう転ぶかは分からない)

先生の言っていた『抜け道』。

あれはおそらく俺の使う奥義、極光一閃のことだろう。

極光一閃を放つ時、アギトの刃は眩い光を放つ。あの光こそ光属性の魔力によるものだった——なんて、今まで考えたこともなかったけれど。

おそらく、奥義を使う時の力みや感情の発露が原因で、先生の言っていた『不純物』を抹消しきれなかったんだろう。

(未熟さがきっかけで『抜け道』に気が付くなんて、皮肉も良いところだけどな)

先生の言っていた『抜け道』は、きっとこの、武技に属性魔法を掛け合わせることだ。

ゲームでは単純に『魔法属性付きの技』として登場していたが、思い返してみると習得は中盤を越えてからで、設定的にも「確立されたばかりの絶技」とか言われていた気がする。

(なんであれ、ぶっつけ本番が上手くいって良かった)

あの状況で、極光一閃を放てるほどの、溜めを作る余裕はなかった。

だからこそ、あえて溜めを不十分に、魔力を収縮し切らないことで、強い光を纏った『不完全な一太刀』を放ったのだ。

武技ではなく魔法に近い性質を持った一撃——名付けるなら、『魔光一閃』ってところか。

「結局、あの時の『君』と戦えず仕舞いか……でも、これも悪くない。十分価値ある刹那だったよ」

サルヴァは力なく息を吐いた。

それと共に、彼の体に纏わり付いていた装甲がボロボロと、まるで液体のように溶け落ちていき——元の、どこかいけすかない小綺麗な顔が露わになる。

既に呼吸もおかしく、胸に空いた穴からは血が溢れ続けている——もう助かることはないだろう。

刹那、か。

勝負は常に一瞬だ。この世界の殺し合いにHPなんて安全装置は存在せず、生き物は急所を打たれればたった一撃で死に至る。

互いに相手の命を奪おうと立ち合えば、些細なきっかけで決着は付く。

たとえ付け焼き刃だろうが、偶然の産物だろうが、結果が全てだ。

(痛ぅ……本当にギリギリだったな……)

体の芯からズキズキとした痛みが走り、頭も高熱に浮かされているみたいにぼんやりする。強化魔法の揺り返し、出血、疲労……理由はいくらでもあるが、まだ倒れるわけにはいかない。

「もう勝負はついた。お前の望み通り、正面から倒してやったんだ。大人しく、人質を返してもらおうか」

「ふふっ……そうだね、騎士様」

皮肉っぽさは残しつつ、サルヴァは震える右手を上方へ——セラへと伸ばす。

それに応じ、天井に吊されていたセラがゆっくりと降りてきた。

もしかしたら悪あがきをするかもと一瞬だけ頭を過ったが……不思議と一瞬だけだった。

信頼なんかない。けれど、この男なりにこの勝負には懸けるものがあったはず。

その決着が付いた今、わざわざ水を差すなんて無粋な真似はしない気がした。

「さぁ、賞品を受け取るがいい」

こうやって人を物扱いする感じは、やっぱり気に食わないけれど。

俺は返事もせず、降りてきたセラを受け止める。

「セラ。セラっ‼」

「……うぅ」

体を揺さぶられ、身を捩るセラを見て、ほっと息を吐く。

良かった。眠らされていただけで、他に外傷などはない。

いや、でも、他に何もないとは言いきれない。早く外に……。

「ふっ」

「……なんだ」

「いいや、そういうところはガキっぽいと思ってね」

焦って（あせ）いる姿がそんなに面白かったのか、サルヴァが鼻で笑ってくる。

「今すぐお前の首を刎ね（は）たっていいんだぞ」

「ははは。脅さずともそうするつもりだろう？」

「………………」

そうだ。もう助からないだろうとは分かっている。

前のようにギフトを使って逃げないのは、おそらく俺と同じ。

魔王化という切り札の揺り返しを喰らって（く）いるのだろう。

（魔王化、か……）

彼ら、魔人にとってギフトとは、魔神より与えられた神の力の一端。

通常時でも負担が大きく、かなりの制限をつけて使用しているという。

そして魔王化は、ギフトを最大限発揮するために、魔神の力を集中させた状態。強大な力と引き換えに彼らの体を確実に蝕ん（むしば）でいく。

少なくとも『ヴァリアブレイド』において『魔王化』した魔人達は全員、戦いの後に死んでいた。

(こいつの状態を見るに、一時的にギフトを使えなくなっているか、あるいは……いや、今は)

俺はアギトを、サルヴァの首筋に宛てがう。

セラが完全に起きてからでは面倒だし、俺自身限界も近い。

「ひと思いに、逝かせてやる」

「ああ、頼――」

不自然に言葉が切れた。

――ゴオッ‼

「なっ……⁉」

突然、サルヴァを中心に凄まじい突風が吹き荒れる。

俺は咄嗟にセラを庇いつつ、しかし吹っ飛ばされ、地面を転がされた。

「なんだ……⁉　もうサルヴァに力は残ってなんか――」

「マだ、ダ……」

「え……⁉」

「マダ……オワリ、でハ、ナイ……」

サルヴァの体が宙に浮いている。

血が噴き出ることもいとわず、全身から黒い魔力をハリケーンのように巻き起こしながら──その目は、既に生気を失っていた。

「スベテ……ノミコミ……クラッテヤロウ……」

黒い魔力が広間全体に広がり、周囲の篝火を消していく。

影──いや、闇に辺りが支配される。

「なんだ、これ……知らない……こんなの、ゲームでだって──」

もはや悪寒なんてレベルじゃない。

無意識のうちに全身が震えて、収まらない。

「っ……セラ！」

俺にできることはひとつしか残されていなかった。

セラの体を担ぎ上げ──。

「じ、る……？」

奇しくも、ちょうどその時、彼女が目を覚ました。

「あれ、私……」

「セラ、お前は逃げろ。とにかく、全力で逃げろ‼」

「え……？　こ、これは、いったい――」

とにかく必至に叫びながら、俺は彼女を広間から延びる通路へとぶん投げた。

「きゃあああああっ⁉」

もしかしたらこの悲鳴が、俺の聞く彼女の最後の声かもしれない――なんて思いながら、
俺はもう為す術もなく、サルヴァが巻き起こす重たい『闇』に飲み込まれた。

第六話「光」

セレインは夢を見ていた。ジルが、命がけで自分のために戦う夢を。

読んだことはなかったが、世間には小説というものがあって、その中にはか弱い姫を力強い騎士が守る話があるという噂を耳にしたことがあった。

セレインはひっそりと、ジルがその騎士だったらいいなと思っていた。

自分が苦しいときに駆けつけてくれる、自分だけの騎士だったら……。

（ジル……！）

しかし、夢の中で見た彼の戦いは、決してそんな綺麗事では表せないほど凄惨なものだった。

相手はかつて対峙したサルヴァという男。

サルヴァは真っ黒な外装を纏い、ジルと激しい剣戟を繰り広げ……ジルの体には細かな傷が少しずつ増えていく。

度重なる剣戟の末、ジルはサルヴァに深い一撃を与え、勝利した。

そして、セレインを救い出し――。

しかし、突然起きた何かからセレインを守り、飲み込まれてしまった。

（あ、ああっ⁉）

（ジル！　ジルッ‼）

セレインは必死に叫ぶ。

けれど、まるで水の中にいるみたいに、声は全く響かない。

当然返事もなく、ただごうごうと、嵐のような音だけが周囲を満たしていた。

（どうして……どうして私は……！）

どうして自分はこんなにも弱いのだろう。騎士に守られる姫を望んでしまったんだろう。

目の前でジルが苦しみ、窮地に立たされてなお、何もできない。


王城を出て、学院に入れば、束の間の自由が手に入ると思っていた。

けれど、ほんの少しの自由を得ても、苦しみは増すばかりだ。

自分のせいでジルは苦しんでいる。そんな彼に、何もしてあげられない。

――本当に私の力は、誰かの役に立てますか？

――ジルの力にもなれますか。貴方と並び立つことはできますか⁉

そんな言葉に、ジルは頷いてくれた。

だから頑張ってみたいと思った。

初めて、生まれてきた意味を与えてもらえた気がした。

けれど——。

——勘違いするなよ、セレイン・バルティモア。君は彼にはなれない。ただの弱っちい、守られるだけのお姫様なのさ。

現実は、彼女の心の有り様など関係なく、常に真実を告げる。

彼女は無力で、何もできない……望まれなかった子どもなのだと。

◇◇◇

「う、うぅ……」

「ウガアアアアアアアアアアッ！」

「ひぃ⁉」

地面に打ち付けられた痛みも吹き飛ぶほどの咆吼に、セレインは思わず体を跳ねさせた。

顔を上げると周囲は真っ暗で、彼女は咄嗟に光魔法で目の前を照らし——唖然とした。

「なに……あれ……」

眼前で、真っ黒い巨大な何かが暴れている。

目や鼻、口――そういったものは見られない。

ぶよぶよとした丸い胴体と、それを支える頼りない四肢。

ただただ気味の悪い何かが、全身から悲鳴を発しながら今もなお体を膨らませていた。

「ジルは……ジルっ！」

さっき、目を覚ましたときに傍(そば)に寄り添ってくれていた少年がいない。

「ジルぅぅううう‼」

腹の底から、力一杯に叫ぶ。

けれど、その叫びも目の前の巨大な何かの声に掻(か)き消(け)されてしまい……当然、ジルからの返答はない。

「そんな……まさか飲み込まれた……⁉」

夢か、現実か。

セレインは彼が黒い何かに搦(から)め捕られる姿を見ている。

しかし――。

「ううん、そんなはずない……！　だって……だって……‼」

それが現実なのだと認められなくて、セレインはジルの魔力を必死に探る。

既成の魔法の扱いは苦手でも、そのセンスは天才以上。

特定の魔力を対象とした探知はかなり高度な魔法だが、彼女は独自の手段でそれを可能としている。

特に親しい相手……つまりジルの魔力を追うことはこれまでも何度かやってきたのだ。

「酷(ひど)い魔力の渦……これじゃあ探せな――うっ……！」

だから……得意故に見つけてしまう。

目の前の何かが作り出す、禍々(まがまが)しい魔力の渦の向こう……黒い化け物の胴体の中に、ジルがいることを。

「そんな……」

絶望が彼女の頭を塗り潰す。

ジルを助けたい。彼がそうしてくれたみたいに、自分も。

そう願うのに体は動いてくれない。

(助ける？　そんなの、どうやって)

セレインは必死に頭を働かせようとするが……ただ虚(むな)しく空転を繰り返すのみで、何一つアイディアは湧いてこない。

(私には、何もできない……！)

無力さに胸がズキズキと痛みを訴える。涙も止めどなく溢れてくる。

何もかもが彼女に無力さを突きつけた。

唯一彼女を応援してくれたジルも飲み込まれてしまった。

「に、逃げないと……誰か、誰か呼んでくれば、ジルも……」

震えながら、そう口に出し、同時に酷い方便だと自覚してしまう。

ジルのためと空々しい言い訳をして、けれど彼女にできることはそれだけで――。

「……あ」

不意に、彼女の視界に一振りの刀が映った。

暗闇の中でも僅かに光を宿したそれは、つい先ほどまでジルが握っていたもので――セレインは反射的に手を伸ばした。

「あ……まだ、温かい」

その柄にはまだ、ジルの手の温もりが残っていた。

なぜだか、それだけで彼女の体の震えがピタリと収まる。

――ジルの……ジルの力にもなれますか。貴方と並び立つことはできますか⁉

自分の無謀な言葉が再び脳裏に蘇る。

あの時、ジルが返してくれた言葉……先ほどは掻き消されてしまったけれど。

——お前が歩みを止めなければ、きっとな。

ジルはそう、微笑(ほほえ)んだ。

忘れるはずがない。忘れられるわけがない。

あの言葉をもらって初めて、セレインは自分が生まれた意味を知った気がしたのだから。

——けれど簡単には追いつかせないぞ。俺にだって積み重ねてきたものがあるんだからな。

「でも……ジルは、道の先にいてくれる……私の歩む先に……！」

ジルは今もセレインが追いついてくるのを待っている。

手を伸ばし、彼女の手に触れ、前を先導してくれている。

（この温もりは……そうですよね、ジル）

あの暴れ狂う何かを倒すことは、きっとできない。

それでも——セレインはその場に立ち止まり、アギトを握り、集中するように深く息を吐いた。

「ジル。貴方は手を握ってくれた。だから私も、貴方の手を握り返します。一緒に生きるために……！」

ただひたすら闇だけが広がっている。

自分がどこにいるかも、どれくらいここにいるのかも分からない。

分からないまま、俺はこの闇の中を漂い続けていた。

◇◇◇

『やあ、ジル』

「……サルヴァ」

空間全体に声が響いた。

こんな状況なのに、ムカつくほど穏やかな声だ。

「ここは、どこだ」

『そうだねぇ……はっきり言ってしまえば、僕の腹の中さ』

「腹……？」

『ああ、君は僕に食べられたんだ。パクリ、とね』

一瞬、ふざけた冗談かとも思ったが……そうだ、俺はサルヴァの体から溢れ出した黒い何かに飲み込まれたんだった。

その先がこいつの腹の中だったとは……最悪な気分だ。

「まさか、更にカードを切ってくるなんてな……迂闊だった」

『ああ、まったくだ』

「随分他人事みたいに言ってくれるんだな」

『そりゃあそうさ。なんたって僕は、あの時点でもう終わっていたんだから』

「終わっていた？」

『ああ。君に刺され、僕という存在は終わった。その後と今、僕だったものを動かしているのは僕じゃない。まったく忌々しい』

声だけしか聞こえないが、サルヴァは心底イラついているようだ。

彼の話が本当なら……いや、身動きも取れない今、意味なく疑ってもしょうがない。

『にしても……そうか。君は魔人や魔王化には一切驚きを見せなかったけれど、これについては全く知らなかったようだね』

「…………」

『これは魔獣化だ』

「魔獣化？」

初めて聞く言葉だ。

魔王ではなく、魔獣……どうにも不穏な響きだけれど。

『僕も見るのは初めて……いや、成るのは初めてだ。まぁ、魔王化もそうなんだけどね。魔王化はギフト──魔神様から賜った力を最大限に活かすためにリミッターを解除したものだ』

頼んでもいないのに、サルヴァは流暢に説明を始める。

『当然普段からリミッターを掛けているのには意味がある。魔人の力は全て後天的に得るもの……大なり小なり拒絶反応があってね。体への負担が大きすぎるんだ』

「後天的に……？」

初めて知る情報だ。

というか、こんなこと話していいんだろうか。かなり自分達の根幹に関わる重要情報だと思うんだけど。

『対し、魔獣化はそのギフトに逆に飲み込まれた状態だ。暴走し、自我をこんな腹の底に追いやり……ただただ周囲を壊し、滅ぼすだけの獣と成る』

「暴走……獣……はっ！　セラは!?」

『おやおや騎士様。そんなにお姫様が心配かい？』

愉快げに茶化してくるサルヴァを睨み返す……どこにいるか分からないけれど。

『どうやら彼女はこの中にはいないようだ。けれど安心はできないよ？　ここにいないということは外にいるということ……つまり、魔獣と化した僕の目の前にいることになる』

「くそ……！」

そんなの、どっちもどっちだ。

いや、でも、魔獣だろうがなんだろうが、ギフトが元になっているなら本質は変わらず『影』のはず。

セラは光属性の魔法を使える。自衛くらいなら、なんとか……。

『それはどうかな』

「……なんだよ」

『君の考えていることは分かるよ。僕もセレイン——ターゲットのことはある程度は調べたからねぇ。でも、彼女には無理さ』

見透かしたように、サルヴァは溜息を吐く。

『彼女には戦う意志というものがない。常に怯え、自分を卑下し、身を震わせている……そんな無力な子どもに牙があっても、恐るるには足らないだろう？』

「お前は随分、あいつを侮っているんだな」

『正当な評価さ。事実、僕が彼女を攫うときも、君の名を呼ぶだけで彼女は何もできなかった』

「っ……！」

ああ、イライラする。

この男がもしも目の前にそのニヤけ面を晒していたら、思い切りぶん殴ってやるのに。

「……あいつは、無力なんかじゃない」

売り言葉に買い言葉なのは分かっている。

けれど、同時に理解もしてしまう。俺にとってやはり、『セレイン・バルティモア』という人物は特別なのだと。

『ふぅん……でも、仮に彼女が立ち上がり、勇猛果敢に立ち向かおうとしても、この魔獣相手じゃ同じだよ。影は既に闇へと昇華された。光でさえ喰らい尽くすほどの闇にね』

影と闇。それらは似て非なるものだ。

影は常に地面を這い、光から逃げ回っている。

その性質によって、アギトを操る影は、万力のような力で俺を押しつぶすことができたし、音もなく地面から棘を突き出したりすることを可能としたのだろう……というのも、サルヴァの能力に気づくヒントではあったのだけど。

けれど、光から逃げ回り地を這う、という性質は光があってこそ生まれる。

サルヴァがこの広間に篝火をわざわざ焚いていたのもそのためだろう。

『本来、闇はあって当然のもの。太陽という強烈な光によって隠されているだけで、この世界は常に闇のものなんだよ』

「魔人らしい言い様だな」

『事実だからね。とにかく君が破ったものとは本質も、強度も全く異なるってことさ』

だからセラにはどうしようもない。

サルヴァはそう確信していて……やはり、どうにも苛立ちが募る。

正直なところ、セラが取るべき正解は俺を置いて逃げることだろう。

魔獣とやらの腹の中が安全だと思っているわけじゃない。

むしろ、腹といえば消化がつきもの。先ほどからじんわりと力が抜けていく感覚もあるし、どんどん力を吸われて……このままの状態が続けば程なく俺は死ぬだろう。

そんな未来を仕方ないと、どこかで既に受け入れてしまっている自分さえいる。

――セラ、お前は逃げろ。とにかく、全力で逃げろ‼

咄嗟に出たあの言葉に嘘はない。彼女が無事であることが、一番大事だ。

（けれど……）

こみ上げてくる怒りは、憤りは、「本当にそれでいいのか」と訴えてくる。

このままこの男に、魔人に、彼女という存在を侮らせたままでいいのだろうか。

この世界は『ヴァリアブレイド』じゃない。

けれど彼女は『セレイン・バルティモア』だ。

輝かしい才能を持ち、運命から愛されたこの世界のヒロインなんだ。

俺が憧れた……俺の……俺にとっての……。

(状況は絶望的だ……それでも)

ほんの僅か、からっからだった体に力が戻った気がした。

足に力を入れて、膝に手をついて——俺は立ち上がる。

どちらが上で、どちらが下かも分からない闇の中で、それでも僅かな灯火(ともしび)に手を伸ばすように。

『へぇ……闇に蝕(むしば)まれ、もう意識を保っているのも限界だろうに』

「サルヴァ、俺は諦めない」

『……!』

「セラが逃げてくれたならそれでもいい。けれど、もしもあいつが立ち向かおうとしているなら、俺が投げ出すわけにはいかない」

俺だけは最後まで彼女を信じる。

彼女が選んだ道が正しかったと、肯定してみせる。

たとえ彼女が俺にとって、『ジル・ハースト』にとっての死亡フラグだったとしても、それは変わらない。

――ジル！

「……‼」

声が、聞こえた気がした。

幻聴……なんかじゃ、ないよな！

僅かに腰に差した鞘が震えている。

ここに飲み込まれる際落としてしまった半身を、アギトを待ちわびるように。

そして、その震えはどんどんと高まり、最高潮へと達した――その時、

「ジルーっ‼」

はっきりと、その声が鼓膜を揺らした。

『な……まさか⁉』

足下の闇を突き破り、雲間から射すみたいに光が溢れ出してくる。

（まるで、この下に太陽があるみたいだ）

温かく、頼もしい。より体に活力が湧いてくるのを感じる。

そして――俺は彼女が光と共に送ってくれたもう一つのもの――アギトを片手に、誓う。

「今度こそ、全てを終わらせる」

俺は、俺のものより強い光を纏ったアギトを鞘に収め、構える。

出し惜しみはなしだ。魔獣だろうが、なんだろうが……！

『ジル、狙うなら上方。あの球体を狙え。あれこそがこの魔獣の——僕の核だ。あれを断てば、僕は終わる』

「お前……」

『僕だってむかっ腹が立っているんだ。僕の全てを懸けた戦いの結末を汚されて……たとえ相手が魔神様だろうがなんだろうがさ』

サルヴァの言葉が示すとおり、まるで心臓のような歪な物体がハッキリ見えた。

『まさか魔獣の吐き出す闇を払うとは。侮っていたよ、彼女を……君達の絆とやらを』

そんな清々しさを思わせる声色に、思わず指先が僅かに震えた。

『余計な感傷はいらない。そうだろう？』

「……ああ。終わらせてやる。今度こそ……お前を、この因縁を」

深く息を吐き、アギトの柄を固く握る。

偶然の光なんか目じゃない。

彼女の、奇跡のような本物の輝きに包まれ、

「極光……一閃ッ‼」


地面を蹴り、魔獣の核へとアギトを抜き放つ。

その刀身の輝きは、これまで見たどんな光よりも強く、美しかった。


――素晴らしい。


頭に声が響く。

先ほどよりも遠くから、今にも消え入りそうな大きさで。

――それじゃあジル。僕は先に行かせてもらおう。また会える時を楽しみにしているよ。

それはまるで友達に、「また明日」と伝えるみたいに気軽で……消滅する魔獣の腹から落ちつつ、俺はうんざりと息を吐いた。

「こっちは、もう二度とごめんだ」

◇◇◇

「ぐ……ごっ⁉　うぅ……」

感傷も束の間。受け身もろくに取れずに地面に叩きつけられ、何度かバウンドしつつ、俺はさっきまでいた古代遺跡に帰ってきた。

最後の最後に余計なダメージを受けてしまったけれど……まぁ、数メートルの高さから叩きつけられて、「痛い」だけで済んでいるのだから、良かったと思うべきだろうか。

「ジルーっ!!」

「ジルっ!!」

「あ、セラ……」

「わっ!?」

セラは、俺の名前を呼びながら全速力で駆けてきて——あろうことか勢いそのままにダイブしてきた!?

なんとか受け止めようと手を伸ばす俺だったけれど、体にガタがきていたせいか、完全に勢いに負けて、二人揃って地面に倒れてしまう。

「ジル！　ジルぅ!!」

「お、おい、離れろって」

「離れませんっ！　だって、だってぇ！」

ボロボロと泣きじゃくりながら、俺の胸に顔を擦りつけてくるセラ。

まったく、本当に同い年なんだろうか。

まぁ俺は転生前と合わせればそこそこの年になってしまうけれど、それにしたって彼女は子どもっぽすぎる。

「俺の制服はハンカチじゃないぞ」

「うー……」

「もう落ち着いたろ？」

「落ち着いてません……それに、今顔を見られたら、その、ぐちゃぐちゃだから……」

「そんなの気にしないって」

「少しくらい気にしてくださいっ！」

なんであれ、暫く離れる気はないらしい。

まぁでも……それもいいか。

彼女から伝わってくる温もりは本物で、確かにここに生きている。

「にしても随分明るいな……って、あれ……？」

広間は篝火が消えたはずなのにはっきりセラの顔が見える。

その光源に目を向けると、広間の中央に眩い光を放つ光球が浮かんでいた。

その姿、疑似太陽とでも呼ぶべきか……これを造ったのは、きっと、いや間違いなく、今俺の胸に顔を押しつけてきているこのか弱げな女の子だ。

「やっぱり、俺の言ったとおりだったろ」

「……なんですか、ジル？」

「いいや、何でもない」

わざわざ余計なことを言うのは野暮というものだ。

俺は何も言わず、抱きついてくる彼女の背中を優しく摩（さす）る。

一瞬驚いたように身を竦（すく）めたセラだったけれど、すぐ受け入れるように全身の力を抜いてさらにもたれかかってきた。

戦いは終わった。

俺もセラも無事で。脅威も去って。

そのできすぎな結果を前に、俺達はただただ安堵（あんど）しつつ、抱きしめ合った。

時間も、痛みも忘れて。

エピローグ

魔力欠乏。

全身打ち身、無数の切り傷、炎症、一部骨折。

そして一番酷(ひど)いのは『闇属性魔法による重度の汚染』だとか。

――闇の魔法は生物の精神を汚染し、弱らせる非常に危険なものです。よくぞ歩いて戻って来られたというか……褒めていません。呆(あき)れているんです。魔人相手に勝利したことは大変めでたく褒めたいですが、褒めると調子に乗るでしょう、貴方(あなた)は。

なんてリスタ先生から、ちょっとらしくない長めの講評を頂戴した後、俺は一週間ほど自室での療養を余儀なくされた。

前世であれば入院レベルかもしれないが、そこは偉大な治癒魔法様がなんとかしてくれる。

まぁ、治癒魔法を受けるにも受ける本人の体力が重要になってくるとのことで、魔法による治療、睡眠や食事による体力回復、さらに魔法による治療……と時間を掛ける必要があったし、最後の汚染に関してはしばらく後遺症が残るかもしれないとのことだけれど。

そんなこんなで一週間の間は面会謝絶。中々にゆっくりと孤独な時間を堪能させてもらった。

またも話し相手は先生だけという退屈なのか役得なのか分からない時間を過ごし……そして、サルヴァとの戦いからちょうど一週間後。

「おはよー」

クラスゼロの教室である第十二研究室を訪れると、真っ先にルミエが迎えてくれた。

「あっ、ジルくん！」

「もう大丈夫なの⁉」

「ああ。動いて問題ない程度には回復した」

「先生も、ジルくんが気を緩めるから会っちゃダメって言うし」

「気を緩めるって……なんのだよ」

「知らないけど。でもジルくんって結構かっこつけだから、治療に専念しなくなるとかじゃない？」

……俺のルミエからの評価がなんか変なことになってる。

「とにかく心配したんだよ⁉　ほら、ジルくん達が帰ってきた時だって、あたし出迎えられなかったから」

あの戦いの後だけれど、古代遺跡から出たところで先生が迎えに来てくれていたのだ。

正直、あのまま学院まで徒歩で帰るなんてことになってたら、途中でぶっ倒れていただろうし、非常に助かったわけだけれど、当然ルミエがそこまで付いてくることはできず、実際彼女との再会は見送ってもらって以来になる。

「あの、さ。ごめんね……？」

「え、何が？」

「あたしの強化魔法。まだまだ不完全で……もしかしたら、ジルくんがボロボロになっちゃったのもあたしのせいなんじゃないかって……」

「え、あ……いや……」

反動についてのことを言っているんだろうか。

それか、反動については知らず、単純に力不足を嘆いているのか。

……どちらにせよ、今日の前で俯いて、泣きそうになっているルミエに、伝えることはひとつしかない。

「ありがとうな、ルミエ」

「え……」

「お前が掛けてくれた強化魔法がなければ俺は死んでたかもしれない。大げさな話でもなんでもなくな」

「でも……」

「ミッションは『二人無事に帰ってくる』だ！　実際、セラも無事。俺はちょっとやられちまったかもしれないけれど、手足とか何か失ったわけじゃない。時間が経てば元通りになるんだ。これ以上のハッピーエンドがあるか？」

「ジルくん……」

気を遣っているように思われただろうか。

けれど、ルミエには本当に感謝しかない。

「お前と会えて良かったよ。まぁ、こんな底辺のクラスゼロでってのは、不本意かもしれないけど」

「……ううん。あたしも、ジルくんと出会えて良かった。このクラスゼロに入れて」

そう言って、ようやく笑顔を見せてくれる。

男装は相変わらずしているけれど、もうどう見たって乙女にしか見えない笑顔だ。

「あたし、もっと頑張る！　もっともっとジルくんの力になれるように！　今度はボロボロにさせないために！」

「今度があったら困るんだけどなぁ……」

いや、本当に、こんなことはしばらく、できれば一生ごめんだ。

「っ……」

「……ん？」

なぜかルミエが顔を赤くして固まっていた。

「今度はってそういう意味じゃないから！　い、言っておくけど、今回は特別だからね⁉　特別‼」

「お、おう」

あわあわと言い訳するように捲し立ててくるルミエ。

そんな彼女の反応に戸惑いつつ……あっ、もしかしてキスについて言ったと思われてる⁉

なんて緊張感のない日常を満喫していると、突然別の声が割り込んで、俺を背中から突き飛ばしてきた。

「おい、邪魔だどけ」

「どわっ」

声の主は……レオンだった。

「どうにもウゼェ声がすると思ったら、テメェもう出てきたのか」

「おおっ、久しぶり！」

「うっせぇなぁ……」

これまた懐かしい顔――ていうか、露骨に顔を顰められたんだけど。

「嫌われてるねぇ、相変わらず」

「みたいだな」

「ていうか、あた、ボク……さっき普通にあたしって言っちゃってたよね⁉　聞かれちゃったかな……？」

ルミエは焦ったように耳打ちしてくる。

そんなこと俺に言われてもだけど……。

「あんなデケェ声で喋ってりゃ嫌でも聞こえんだろ」

「や、やっぱり！　あのね、レオンくん、あれはそのぉ……」

「つーかよ、テメェが女だってこたぁ、とっくにわかってんぞ」

「ぴえっ⁉」

「男の格好してるくせに、やけに乳臭ぇニオイがするからな」

「に、におい……⁉　す、する⁉　ジルくん！　あたしそんなにおう⁉」

レオンからのキツい指摘に、もうボクと取り繕うことさえできず逃げてくるルミエ。

いやぁ……まぁ、ニオいますよね。とても男子からは漂わないであろう、すごくいい香りが……。

「ジルくん！　嗅いで確かめて‼」

「いや、それ別になんの解決にもならないだろ⁉」

「いいから！　気になるの！」

「い、いや、無理だって！　そんなデリカシーのないこと！」

「うー……」

なんだか絶対流されちゃいけない気がして、俺は必死に彼女を押しのける。

幸い、ルミエもすぐに諦めてくれたけれど、尾を引いたら嫌だなぁ。

「あ、そうだ。レオン」

「あぁ？」

「ありがとな。お前にも感謝しないと。お前との模擬戦のおかげで——」

「ウゼェな」

冷たい。

レオンは最後まで言わせてくれず、こちらにやってくると、ガンを付けるような雰囲気で俺を見下ろしてくる。

「あの結果には納得がいってねぇ。次の機会には、文句なくテメェを負かしてやる」

「……わかった。こっちだって、今度は勝たせてもらうつもりだから、覚悟しておけよ」

「ハッ！」

レオンは鼻で笑って一蹴すると、さっさと自分の席に戻ってしまった。

彼が本当に『ビーストキング』か確定したわけじゃないが、同じクラスゼロに在籍していれば、いずれ真実も見えてくるだろう。

それはあとの楽しみに取っておこう。

「ジルっ!!」

「わっ!?　……って、なんだ、今度はセラか……って、セラぁ!?　なんでここに!?」

「ジルの魔力が寮から動くのを感知したので、つい駆けつけちゃいました！」

「いや当たり前のように言うけれど……」

前世だとそういうのストーカーって言われるやつですよ、多分。

今世では……どうなんだろう？

「ていうか、こんな朝一から来ちゃって大丈夫なのかよ。Aクラスの方は？」

「……また体調不良ということで」

「なんか早くもサボリが板に付いてきたな、お前も」

勝手に真面目な優等生のイメージを持っていたけれど、むしろ不良寄りなんじゃないだろうか。

いや、本人にそんなつもりはないかもしれないけれど……なんにせよ自由すぎる。

「私だって、ジルにずっと会いたかったんですよ？　でもジルは安静にしなくちゃいけなくて……だからずっと我慢してたんです！」

「ああ、そう……そりゃ悪かったな」

「悪かったと思うなら……そうです！　今度私の特訓に付き合ってください！」

「特訓？」

「ジルを助けたときのあの感覚……何か摑めたんじゃないかって思ってるんですけど、中々上手くいかなくて」

「あー……」

どうやらあの場で起きたことは彼女にとっては全く新しい引き出しを開けるようなものだったらしい。

彼女の覚醒については俺としてもかなり興味はあるけれど……。

「なので、もしもジルがまたピンチになったら、何か思い出せるんじゃないかって思うんです！」

「いや物騒な頼みだな⁉」

「ほう？　じゃあオレが痛めつける役やってやるよ」

「レオンくん⁉」

なんか一気に話がややこしくなってきた⁉

こ、ここは一番の常識人であるルミエに……！

「まさか、セラさんにまでバレてたりしないよね……？」

あ、今は駄目そうっすね、これ。

とにかく、セラの手伝いをするのはやぶさかじゃないけれど、俺がボコられる展開はなんとかして避けないと……。

「皆さん、お揃いですね」

「先生っ‼」

き、来た！　助け船……かはわからないけれど、とにかくここで流れを変える‼

「おや、ジルさん。おはようございます。もうすっかり大丈夫そうですね」

「ええ、おかげさまで！　早く授業を始めましょう！　今すぐに！」

「……？　ええ、なぜそう積極的なのかは気になりますが」

「いやぁ、何もないですよ！　ハハハ……」

「というか、なぜセレインさんがここに？」

それやっぱ気になっちゃいますよねぇ!!

「あ、リスタ先生、その——」

「た、たまにはいいんじゃないですか！　こういうのも！　ほら、セラ、俺の隣座れよ！

一緒に授業受けようぜ！」

「えっ!?　ジルと一緒に授業……!?　ぜ、ぜひ!!」

「いや、うーん……まぁいいでしょう。生徒のやる気を削ぐのは、教師としてあるまじき
行為ですしね」

先生は珍しく悩ましげな感じを出しつつも、セラの参加を許してくれた。

ふう、危ない危ない。

ここでまたセラが俺の元を訪れた理由を説明すれば、先生も乗り気になって俺を痛めつ
けようとしてくるかもしれないからな。

まぁ、先生にはまた面倒を背負わせてしまった気もするけれど……。

「えへへ……Aクラスを抜け出してきた甲斐がありました！」

「味を占めるなよ……？」

俺をボコる特訓プランは目論み通り流れてくれたみたいでホッとしつつ、朝からどっと疲れを感じさせられた。

でも、なんだか悪くない気分だ。

いきなり王立学院に通えって親父に蹴り出されて、今日まで中々慌ただしく、殺伐とした日々を送ってきたけれど、なんというかようやく平穏ってものを味わえている気がする。

この落ち着いた時間がどれだけ続くか……そもそもこの平穏が『ヴァリアブレイド』に描かれた未来に繋がるものなのか、それとも既に運命から逸れ始めているのかは分からない。

けれど、どちらにしたって俺のやることは変わらない。

全力で生きていく。この世界を。この命を。

だから……。

「ねぇねぇ、ジル。例えばですけど、皆さんの前でジルのことを護衛って言ってしまえば、もっと自然に一緒にいられるんじゃないでしょうか！」

……まずは目の前にいるお姫様との適切な付き合い方を考えなきゃな……。

あとがき

『死亡退場するはずの〝設定上最強キャラ〟に転生した俺は、すべての死亡フラグを叩き折ることにした』をお手に取っていただき、誠にありがとうございます。

作者のとしぞうです。好きな言葉は「一手損角換わり」です。

本作は所謂「転生もの」ですが、実は本作を書く際に一番こだわり、かつ苦慮したのは、プロローグでした。

プロローグは物語の導入であり、本作を楽しむ上で主人公がどういう人物なのか、どういう思いを抱えて生きていかねばならないのかを伝える、非常に大事な部分です。

自分は作者でありつつ、『ジル・ハースト』という主人公に向き合い、プロファイルし、リライトを重ねました。

何度も何度も書き直しては、編集さんに提出し、ダメ出しと共にボツを喰らい、また頭を抱え……。

そんな試行錯誤を続け、ようやく辿り着いたこのプロローグは、本作の核でありつつ、読者の皆様に『ジル・ハースト』という主人公を知り、共感してもらえる絶好の機会だと思っています。

そんなプロローグから始まる本作は、ぼく一人の力ではとても形にはなりませんでした。

まず、素敵なイラストでより具体的に、鮮やかに彩ってくださった、ｍｏｔｔｏ先生。

遠慮のないアドバイスで一緒に本作の完成度を高めてくださった編集さん。

その他、出版、デザイン、印刷、流通、販売——本作に関わってくださった沢山の方に感謝を申し上げます。

最後、繰り返しになりますが、本作に興味を持って手に取ってくださった貴方に心からの感謝をお伝えいたします。

そして、この世界を愛していただけるよう、切に願っております。

としぞう

富士見ファンタジア文庫

死亡退場するはずの"設定上最強キャラ"に転生した俺は、
すべての死亡フラグを叩き折ることにした

令和5年4月20日　初版発行

著者――としぞう

発行者――山下直久
発　行――株式会社KADOKAWA
〒102-8177
東京都千代田区富士見2-13-3
0570-002-301（ナビダイヤル）
印刷所――株式会社暁印刷
製本所――本間製本株式会社

※定価はカバーに表示してあります。
●お問い合わせ
https://www.kadokawa.co.jp/（「お問い合わせ」へお進みください）
※内容によっては、お答えできない場合があります。
※サポートは日本国内のみとさせていただきます。
※Japanese text only

ISBN978-4-04-074948-8 C0193 ◇◇◇